U0083894

古典詩歌研究彙刊

第十三輯

龔鵬程 主編

第 19 冊

清代浙江詞派研究

張 少 真 著

國家圖書館出版品預行編目資料

清代浙江詞派研究／張少真 著 — 初版 — 新北市：花木蘭文
化出版社，2013〔民 102〕
目 2+140 面；17×24 公分
（古典詩歌研究彙刊 第十三輯；第 19 冊）
ISBN 978-986-322-087-9（精裝）
1. 清代詞 2. 詞論
820.91   102000936

ISBN-978-986-322-087-9

9 789863 220879

古典詩歌研究彙刊
第十三輯　第十九冊　　ISBN：978-986-322-087-9

清代浙江詞派研究

作　　　者　張少真
主　　　編　龔鵬程
總 編 輯　杜潔祥
出　　　版　花木蘭文化出版社
發 行 所　花木蘭文化出版社
發 行 人　高小娟
聯絡地址　235 新北市中和區中安街七二號十三樓
　　　　　電話：02-2923-1455／傳真：02-2923-1452
網　　　址　http://www.huamulan.tw 信箱 sut81518@gmail.com
印　　　刷　普羅文化出版廣告事業
初　　　版　2013 年 3 月
定　　　價　第十三輯 20 冊（精裝）新台幣 28,000 元

作者簡介

張少真，畢業於東吳大學中國文學研究所，現職致理技術學院通識教育中心。

提　要

本文分三章七節，都八萬餘言，首論浙江派之形成及其時代背景，次及其詞論之探討，分尊崇詞體，標舉雅正，主南宋，以姜張為宗，重技巧、講聲律等節，以期建立完整系統。最後為名家小傳，及其作品之評介。末附浙江派詞家年表，將此派之詞家傳記資料排比緝類，以便參閱。其間論列之作家二十有三，乃就民初徐珂之近詞叢話（清稗類鈔內）所述及者，參酌己意，慎予選定者。至所評騭之作品，則以陳氏乃乾所輯之「清明家詞」一書為主，無專集者，則參考王氏詞綜、黃氏詞綜續編，就二書所錄，窺其風格。

茲將研究結論，分下列數項說明之：

一、浙江派之詞論、詞作，均深受當時政治背景、社會環境之影響。

二、浙江派詞論以「標舉雅正」為主，其餘評論，皆以此為依據。其詞論雖較乏系統，然尊體之功，實肇於此，為後來常州派「尊體」「寄託」之說，建立評論之依據。

三、浙江詞派影響後世極大。講技巧，重聲律，一洗草堂之陋習，首闡白石之宗風。開啟有清一代雕字琢句。研聲划律之先聲。朱氏詞綜，標舉清華，別裁浮豔，于是學者莫不知挑草堂而宗雅詞矣！

四、浙江派詞家以朱彝尊、厲鶚為最重要。若以詞論而言，因朱彝尊有詞綜之編選，故其地位，應較厲鶚為高。就詞作而言，厲鶚不比朱彝尊遜色，只是厲比朱更刻意求工而已。

五、浙江派詞有四項特色：（1）多詠物、贈題、紀遊之作。（2）少用典故史實。（3）詞風婉約。（4）偶有不合律之處。

清代之詞，擷取五代兩宋精英，洗脫明人輕率習氣。大有剝極則復，蒸蒸日上之趨勢。當時詞家有主清空者，有取醇厚者，雖因門戶不同，各有所尚，而無不在詞壇上大放異彩。終清之世，浙江、常州二派迭興，成為當代詞學兩大主流，浙派倡導清空典雅，力標姜張，講求韻律、辭藻，矯正纖俗浮薄之病。常派主尊體，以北宋名家為法，以深美閎約為宗旨，以沉著醇厚為依歸；講寄託，立意為本，而協律為末；使詞作更有深度與重量。而派相合，使清代成為詞學之復興期。清末諸大家就浙、常兩派之基礎，發揚光大，因校勘經史之方法與努力，從事於詞籍之整理，其所自作，亦斐然可觀，遂造成晚清數十年間詞學風氣之大盛。浙江派首開風氣之先，其功深且鉅矣！

目次

引　言

　　有清一代，人文蔚起，學術稱盛，不僅超軼元明，且遠追兩宋，
比美漢唐。無論經學、史學、諸子哲學、校勘學、小學、地理、金石、
考據、輯佚各方面，悉多專詣，且時有突破前人、垂範後學之功。即
以詞學而論，亦頗有度越前修之處。

　　蓋詞學濫殤於唐，流衍於五代，極於宋而衰於明，至清代乃號稱
復興。朱陳導其流，沈厲振其波，二張周譚尊其體，王文鄭朱承其緒。
二百六十八年中，高才輩出；詞學論著，如雨後春筍，不勝枚舉；作
家之盛，直比兩宋。王昶《清詞綜》，收自清初至嘉慶初，又成《清
詞綜二集》續收至道光中，黃燮清《清詞綜續編》續收至同治末，丁
紹儀《詞綜補編》續收至清亡，達三千人，前代所未有也。

　　清代詞壇，門戶派別，頗不相同。各尊所尚，各具特色，婉約餘
韻，豪放遺音，一時盛行，並世重見；浙西常州，各樹旗幟，爭奇競
巧，分主詞壇。誠可謂盛況空前。

　　浙、常二派堪稱清代詞學雙葩，不惟於當時舉足輕重，即在中國
詞史上亦自有其價值。蓋其詞作、詞論，均有可觀。浙江派尤開風氣
之先，而歷來研究詞學者，對之毀譽參半，實應詳加探討，究其根源。
此蓋余寫作本文之主要動機也。

　　浙派首領朱彝尊出，挽詞學之頹靡，標宗立意，汰除惡習，詞風

轉變，格調清高。康、雍、乾諸朝，詞家爲其籠罩者十居七八。其情韻華藻上承南宋姜張典雅之風，下啓有清詞學清空婉麗之先聲，遺風餘響，實足以垂範無窮矣！

　　本文分三章七節，都八萬餘言，首論浙江派之形成及其時代背景，次及其詞論之探討，分尊崇詞體，標舉雅正，主南宋、以姜張爲宗，重技巧、講聲律等節，以期建立完整系統。最後爲名家小傳、及其作品之評介。末附浙江派詞家年表，將此派詞家之傳記資料排比緝類，以便參閱。其間論列之作家二十有三，乃就民初徐珂之近詞叢話（《清稗類鈔》內）所述及者，參酌己意，愼予選定者。至所評騭之作品，則以陳氏乃乾所輯之《清明家詞》一書爲主，無專集者，則參考王氏《詞綜》、黃氏《詞綜續編》，就二書所錄，窺其風格。

　　余向對詩詞甚感興趣，期藉撰寫論文機會磨練自己。鄭師因百曾言：「研究古典文學有三條路可走：創作、評論、考據。創作需要超逸的才華、深厚的性情，還要有適當的環境與經驗，是件可遇而不可求的事。考據最爲簡單，只要頭腦清楚，肯查書，手勤眼快，就可以有很好的成績，但其結果往往與文學本身無關，考了半天都是些題外文章。只有評論，既可以闡發前言，亦可申述己見，上接古人，下啓來學，比創作容易把握，比考據切合實際，是一條康莊大道。能夠自成一家之言的文學評論，當然是談何容易；至於一般的批評與闡釋，則至少是初涉文學藩籬者最好的練習。」余未敢言已初涉文學藩籬，然期以來日，不但涉過文學藩籬，且望能登堂入室，見文學境域中宮室之美，百官之富，雖不能至，心嚮往之！斯文草創，粗疏紕漏，在所難免，博雅君子，幸垂教焉！

張少眞謹識於私立東吳大學中國文學研究所

中華民國六十七年五月

第一章 緒 論

第一節 浙江詞派之形成

浙江詞派啓自曹溶，〔註1〕而以朱彝尊爲巨擘。朱序李符《耒邊詞》云：

> 予客大同，與曹使君秋岳（曹溶字）相倡和，其後所作日多。

序曹溶《靜惕詞》更云：

> 憶壯日從先生南遊嶺表，西北至雲中，酒闌燈灺，往往以小令慢詞，更迭倡和。有井水處，輒爲銀箏檀板所歌。……往者明三百祀，詞學失傳，先生搜南宋遺集，尊曾表而出之。數十年來，浙西塡詞者，家白石而戶玉田，春容大雅，風氣之變，實由先生。

於此可知浙江派之淵源應追溯至曹溶。

浙江派之形成，則是朱彝尊所倡導。其於〈孟彥林詞序〉云：

> 宋以詞名家者，浙東、西爲多。……三十年來，作者奮起浙之西，家嫻而戶習。

〈魚計莊詞序〉又云：

> 浙詞之盛，亦由僑居者助之。

〔註1〕歷來言清代詞者有「浙西派」「浙江派」之目，余意以爲浙派流風所及非僅限於錢塘江之西，故當以「浙江派」名之。

將僑居浙西者亦列入浙江派，無異擴大浙江派之陣容。後自《詞綜》出而浙江詞派以成。

朱蓋承明詞之敝，崇尚清靈，欲以救嘽緩之病，洗淫曼之陋。奉姜白石、張玉田爲楷模，向南宋各家探討，未肯進入北宋一步，晚唐、五代更無論焉。

竹垞開端後，厲鶚振其緒，超然獨絕。李良年、李符、龔翔麟、沈皞日、沈岸登等，出入其間，與竹垞並稱浙西六家，朱氏一派之陣容，遂因而完備。而曹貞吉、徐釚、嚴繩孫、錢芳標、丁澎、汪森等，或承其風，或闡其義，皆朱之儔也。餘如吳錫麒、王昶，僉規仿朱、厲，亦浙江派之傑出者。至郭麐、曹言純，互爲倡和，以清麗雋朗稱，則已懲浙江派末流委靡堆砌之失，而稍變其詞格矣。

簡言之，朱氏創始於前，厲鶚遵循倡導於後，至是而宗派已成。再後即是遠宗姜、張、史，近宗朱、厲，而成爲盛行於清初至乾隆年間之浙江詞派。

歸究其形成原因有四：有作品樹其楷模，有理論定其宗派，有同志之推波助瀾，有後人之承風衍緒。而與當時政治、社會環境，尤有密切關係。故將浙江詞派之時代背景另立一節詳述之。

第二節　浙江詞派之時代背景

一切學術思想之成立，決非無故發生，皆有相當之時勢與環境以成之。清代浙江詞派，當其盛時，舉世嚮風，固亦非偶然也，茲就其背景之關係於政治、社會、文學思潮三方面者，分別述之。

一、政治情形

清人以異族入主中國，時存疑忌之心，對於知識階級尤甚，爲遏止漢人反清排滿之情緒，故採行恩威並用之政策——即一面壓制，一面安撫。浙江派詞家大都生當順治至乾隆年間；此時清室既大興文字獄，以控制思想；而又提倡文學、表彰儒術，以收拾人心。

（一）文字之獄及學風

康、雍、乾三朝頻興文字之獄，藉以立威。如康熙朝莊廷鑨之明史獄、戴名世之南山集獄，有株連至七百家者（見鄧之誠編著《清詩紀事初編》卷六〈法若眞除〉）；雍正朝作詩、選文、論史、注經，動輒獲罪（見蕭一山著《清代通史》卷上第二十九章）；乾隆朝之詩辭之獄及字書之獄，亦被比附妖言律，指爲悖逆，或治其罪，或至棄市（見蕭一山著《清代通史》卷中第一章）。而四庫之開館，則較之動興大獄更能積極有效箝制言論，束縛士林。郭伯恭《四庫全書纂修考》云：

> 蓋高宗遠鑒於明末述作、關於遼事者之眾多，近察於漢人之反清觀念深植於社會，於是乃藉「弘獎風流」「嘉惠後學」爲名，一方面延攬人才，編纂四庫，使其耗精敝神於尋行數墨之中，以安其反側；一方面藉收書之機會，盡力搜集漢人數千年以來之典籍，凡不如己意者，悉使之淪爲灰燼。此高宗編纂《四庫全書》之唯一政治作用也。

蓋四庫之開館，藉獎勵學術之名，以收安反側之實，乃變態之文化與思想上之統治也。

於此風氣之下，學者不但不敢抗議朝政，即稍涉時忌之學術，亦不敢講習之。英挺之士，其聰明才智既無所發抒，乃鑽研於章句訓詁中，以爲遣日藏身之具。王易《詞曲史》云：

> 史館詞科，士悉歸於羈縶；文獄書禁，氣則被其摧殘。由是好學者入於鑿險縋幽；而能文者逃於吟風弄月。成績雖異，避患則同。

詮釋文義，考究名物，於人無礙，與世無爭。康熙末年至乾隆中葉，浙東掀起研究宋史之浪潮，全謝山《宋元學案》之重修，厲樊榭宋詩、遼史之拾補，即此潮流之具體行動。當雍乾文網嚴密之時，學者或埋首於訂史考經，或琢磨於雕繪之辭，即有所感，亦只能藉詠物、詠史以抒其懷抱耳。

梁啓超《清代學術概論》云：

清代思潮果何物耶？簡單言之，則對於宋、明理學之一大
反動，而以復古爲其職志者也。

學術思潮如此，文學思潮亦然。於此「但寄語燕臺，酒人相見，有口且
深閉。」（郭麐〈賣陂塘詞寄都下諸故人〉詞句，見郭《浮眉樓詞集》）
之文風下，一切文學自然趨向復古之路，無論詩歌詞曲，總不出摹擬與
因襲。浙派詞之擬姜、張，蓋時勢使然。而此派之詞，但覺言中有物，
藉詠古以傷今，雖爲文字獄頻興下之產物，亦何嘗非救時補弊之法？至
其主張冶音、講求鍊字，亦正合乎歌詠昇平、逃避文網之時代需要也。

（二）君主之大力提倡

「上有好者，下必甚焉。」康熙六十餘年，提倡學術，不遺餘力。
乾隆承其遺風，亦頗以稽古右文自命。是以搜集遺書，編纂巨籍。由
於君主大加提倡，於是舉世嚮風。

清初皇帝實藉提倡文學、表彰儒術，以收牢籠士子之功。如「世
祖之於尤侗，聖祖之於姜宸英，世宗之於閻若璩，高宗之於沈德潛。
或誦其文，或耳其名，或欽其學，或愛其詩，皆以特識殊遇，拔自寒
微。」（見王易《詞曲史》第九章）他如高士奇，新歲爲人書春帖子，
自作聯句，偶爲聖祖所見，大加擊節，於是簡入內廷供奉。李良年有
詩云：「兒童莫笑詩名賤，已博君王一飯來。」（見曹貞吉序李良年《秋
錦山房詞集》）正足以說明當時士子爲追求功名，用心於詩詞之情形。

就詞學而言，康熙《欽定詞譜》、《御選歷代詩餘》，〔註2〕已足
開清代詞學風氣之先；由是士有所勵，不敢自輕，奮而益勤。故自康
熙至乾隆間，詞之作家多過明代，即詞學著述，亦較明代爲優勝也。

江浙人才薈萃，〔註3〕文風素盛。兩浙文人多受黃梨洲之影響，
崇尚風節，故反清排滿最爲激烈。當多爾袞率兵南下之際，江浙學者

〔註2〕據《四庫全書總目提要》，《御選歷代詩餘》共一百二十卷，爲沈辰
垣等所編纂，成書於康熙四十六年。《欽定詞譜》共四十卷，康熙五
十四年完成，王奕清等編，凡收詞八百二十餘調，二千三百餘體。
〔註3〕江浙係包括江蘇、浙江及安徽南部而言。

屢相抗拒，後知事不可爲，乃歸藏於山林間，多著書以志痛洩憤。於是江蘇、安徽與浙江成爲清初皇帝最注意之地區；六次南巡，儘量牢籠當地士子，故海內一統，兵革盡偃之後，士人多俯首帖耳矣。浙江派詞風由朱竹垞與二李昆仲力倡南宋，校刻周密絕妙好詞，而樹立標的。其提倡雅詞，過重技巧，雖不免流於「詞匠」之譏，然揆其本意，固另有微旨也。

二、社會環境

（一）詞風之盛行

有明一代，詞學幾乎滅跡。及至清代，倚聲塡詞，作者競起，篇章之富，直奪宋賢之席。蓋君王之提倡與詞籍之大量刊行，實爲促成詞風盛行之主因。

唐熙《欽定詞譜》、《御選歷代詩餘》等書行世，已開風氣之先，而康、雍、乾等帝均博學能文，時與臣下酬唱，無形中對詞學起莫大之鼓勵作用。

明人於詞造詣未深，詞學著述既鮮流傳，而流傳者復有輕率不精之病；清朝詞人受樸學昌盛，品學惕勵之流風所被，知名非浪得，學必探究，雖塡詞度曲之微，亦有厚薄深淺之等；於是各植根柢，務造精深。自康熙以後，詞律、詞韻、詞話、別集、選集盛行於世，無論質量，均遠邁前人。由於此類詞籍之普遍刊行，乃開啓致力詞章之風氣。

至此，被認爲小道之詞學，乃漸受重視，如朱筠、朱珪兄弟之賞識江浙文人，如阮元之獎掖後進，以及重構曝書亭（見李富孫《校經廎文稿》），如當代經師鴻儒亦偶爲小詞（見譚獻《復堂詞話》），均可見一斑。

（二）地域觀念濃厚

清人地域觀念頗爲濃厚。其表現於政治上者，則民聚爲亂，如苗疆、太平天國之興起；表現於社會上者；則爲宗教、幫會之勃興，如

白蓮教、青幫等秘密組織之廣受人民歡迎；表現於文學上者，則好立門戶，派別林立，如詞有格調、神韻、性靈、肌理等說，文有桐城、陽湖等派，詞有浙江、陽羨、常州等派。

以詞爲例，如文人喜好結社，於詞酒流連之餘，難免互相標榜，且念念於同鄉、同盟、同年、同行之情誼，若厲鶚序《玲瓏詞集》云：「兩宋詞派，推吾鄉周清眞。」如王士禎《花草蒙拾》云：「僕謂婉約以易安爲宗，豪放唯幼安稱首，皆吾濟南人；難乎爲繼矣。」又如《蓮子居詞話》中動輒用「吾杭」「吾浙」等字樣。又如以地域編選詞集者頗多：若葉申薌之《閩詞鈔》、王先謙之《湖南六家詞鈔》、繆荃孫之《常州詞錄》等，可謂不勝枚舉。而龔翔麟輯浙西六家詞，遂開浙派詞之先聲。

（三）江浙學風特盛

陳鐵凡《清代學者地理分佈概述》云：

> 清代學者之眾，首推江蘇省，幾占全國三分之一，第二爲浙江省，第三爲安徽省，故梁任公曰：「清代學術幾爲江浙皖三省獨占。」（見《東海大學圖書館學報》第八期）

李兆洛〈小湖詩鈔序〉亦云：

> 余每憶三十年前吾鄉風俗之美，物力之豐，家有中人產以上，輒蔚然向學，子弟之才美可造者必延名師而教之。

江浙本爲魚米之鄉，民風復「蔚然向學」，自然成爲文物之邦。而藏書風氣，尤冠於他處。〔註4〕故乾隆於四庫開館之初，所頒諭旨中，即有如下數條：

> 遺籍珍藏，固隨地而有，而江浙人文淵藪，其流傳較別省更多……。

> 江浙爲文物所聚，藏書之家，售書之肆，皆倍於他省。

〔註4〕洪有豐《清代藏書家》有云：清代江浙二省，有千頃、天一……等開其端，惟藏書之風尤冠他處，亦一時風會所趨也（見《圖書館學季刊》一卷一期）

> 查江南爲文物之邦，藏書甲於他省，立說著書之輩亦復不
> 少……。〔註5〕

而《重修安徽通志‧學校志》中，記載乾、嘉年間屢次增取三吳、兩
浙童生之學額，即爲朝廷重視江浙學風之顯例。

　　清代古文之桐城派、陽湖派，詞之陽羨派、浙江派、常州派均發
生於江浙地區，當自與其學風有關。由于此種地理條件，加以江山清
美之背景，故浙派詞作品常具濃厚之書卷氣味，而其風格，多於明麗
中，透出清空雅淡之氣韻。

三、文學思潮

　　任何文體於開創後，經多方努力，乃得登峯造極，然一旦臻於頂
峯，即又趨向沒落。故王國維《人間詞話》云：

> 文體通行既久，染指遂多，自成習套，豪傑之士，亦難於
> 其中自出新意，故遁而作他體，以自解脫，一切文體所以
> 始盛終衰者，皆由於此。

　　梁啓超亦以爲一切時代思潮之變遷，均經過「生住異滅」四階段
（見梁著《清代學術概論》），持以論文學思潮，亦復如是。張宗祥《清
代文學緒論》云：

> 凡文學之變遷分爲三種，而世人所謂工拙者不與焉。一、
> 因遞演而變者，……二、因極盛而生反響者，……三、特
> 立不受拘束者。

　　其實所謂文學思潮，即在趨古或學新，尙文或尙質二者之間互爲
消長而已。故從來論清詞者，皆謂浙派乃反對清初詞壇之崇尙婉麗，
不脫明末習氣，而與陽羨派分樹標幟者。

　　今於討論浙江派詞論之前，先對清初詞壇及陽羨派家法概況略加
說明。

〔註 5〕第一、三則據郭伯恭著《四庫全書纂修考》第二章引。第二則據趙
　　　　錄綽〈清高宗之禁燬書籍〉（《國立北平圖書館館刊》第七卷五號）
　　　　一文引。

（一）清初詞壇

清初之詞仍繼續明代遺風，奉花間、草堂爲圭臬，大抵尊前酒邊，借長短句以吐其胸中塊壘。始而微有寄託，繼則務爲諧暢，而吳越操觚家聞風競起矣。最初如吳偉業、龔鼎孳、曹溶、梁清標，皆前明舊臣入仕滿清者。諸人詞集，文采豐麗。稍後有王士禎、彭孫遹、毛奇齡、沈豐垣諸人，亦皆以能詞稱。

清初詞家尤以納蘭性德爲最勝，其論詞云：

> 花間之詞如古玉器，貴重而不適用。宋詞適用而少貴重。李後主兼有其美，更饒煙水迷離之致。（見《詞苑萃編》卷之七）

專宗後主，特尚情致。以清雋委婉之小令見長，所著《飲水詞》，佳作俯拾即是。下舉二闋，可略見其風格。

> 問君何事輕離別？一年能幾團圓月。楊柳乍如絲，故園春盡時。　　春歸歸未得，兩槳松花隔。舊事逐寒潮，啼鵑恨未消。（〈菩薩蠻〉）

> 又到綠楊曾折處，不語垂鞭，踏遍清秋路。衰草連天無意緒，雁聲遙向蕭關去。　　不恨天涯行役苦，只恨西風，吹夢成今古。明日客程還幾許，霑衣況是新寒雨。（〈蝶戀花〉）

陳維崧評《飲水詞》云：「哀感頑艷，得南唐二主之遺。」顧貞觀云：「容若詞一種悽婉處，令人不忍卒讀，人言愁我始欲愁。」所言皆甚是。納蘭雖身爲貴冑，物質享受毫無匱乏，精神卻感苦悶空虛，故發爲詞章，而成悽切哀苦之音，與李後主之藝術心境完全一致，作風亦同，李後主之亡國，納蘭之短命，同是身殉詞章之人，因而容有清代李後主之稱。

清初詞人有詞話傳於後世者，爲王士禎之《花草蒙拾》、彭孫遹之《金粟詞話》、沈謙之《塡詞雜說》、劉體仁之《七頌堂詞繹》及鄒祇謨之《遠志齋詞衷》。此等人雖未能自成一家，然皆聲氣互通。姑以王派稱之。

王派詞尊北宋，以爲北宋詞妙在天然。王士禎云：

> 宋南渡後，梅溪、白石、竹屋諸子，極妍盡能，反有秦、
> 李未到者。雖神韻天然處或減，要自令人有觀止之嘆。正
> 如唐絕句，至晚唐劉賓客、杜京兆，妙處反進青蓮、龍標
> 一塵。

將南宋諸家比擬北宋秦觀，云「神韻天然或減」，此所謂「天然」趣致，乃北宋詞之特點，至南宋雖技巧進步，然其「天然或減」，似稍令人不滿。

彭孫遹亦云：

> 詞以自然爲宗，但自然不從追琢中來，便率易無味。

彭氏又評南宋吳夢窗云：

> 夢窗之詞雖雕績滿眼，然情致纏綿，微爲不足。余獨愛其
> 〈除夕立春〉一闋，兼有天然人工。

「情致纏綿」乃「天然」佳處。蓋亦覺南宋詞之於天然稍嫌不足也。

當時名家毛先舒亦云：

> 北宋詞之盛也，其妙處不在豪快，而在高健；不在艷褻，
> 而在幽咽。豪快可以氣取，艷褻可以意工，高健、幽咽則
> 關乎神理骨性，難可強也。（《古今詞論》）

所謂神理骨性即天性精神，亦即天然也。

王派最尊北宋，然亦稱許南宋，以爲有不讓美於北宋之名家。鄒祇謨云：

> 長調唯南宋諸家勝於才情，極盡妍態。

彭孫遹更於南宋名家中，以史達祖爲第一，許其可與北宋周邦彥、賀鑄並肩。劉體仁更加闡述，云：

> 詞亦有初、盛、中、晚，不以代也。牛嶠、和凝、歐陽炯、
> 韓渥、鹿虔扆輩，不離唐絕句，如唐之不脫隋詞也；……
> 至宋則極盛，周、張、康、柳蔚然大家；至姜白石、史邦
> 卿，則如唐之中。而明初比晚唐，蓋非不欲勝前人，……
> 於神味處，全未夢見。

綜觀諸說，確爲穩健之品評。

與王派對立者，爲江蘇華亭之宋徵輿、宋徵璧、錢芳標、李雯、董愈等，另成一大勢力。華亭派詞話今已不傳，但由王派之品評或他人詞話所引錄，可略知其詞論之梗概。

華亭派不取南宋，極端者甚至以唐、五代之小令爲主，不屑下降北宋。王士禛對此曾大加反駁，云：

> 雲間（華亭古稱）數公，……其於詞亦不欲涉南宋一筆，佳處在此，短處亦在此。

又云：

> 近日雲間作者論詞有云，五季猶有唐風，入宋便開元曲。故崇意小令，冀復古音，屏去宋調，庶防流失。僕謂此論雖高，殊屬孟浪。廢宋詞而宗唐，廢唐而宗漢、魏，廢唐、宋大家之文而宗秦、漢，然則古今之章，一畫足矣。

《詞苑叢談》卷四引有宋徵璧品評宋詞一條。其說大略取北宋歐陽修、蘇軾、秦觀、張先、賀鑄、晏幾道及南渡初之李清照等七人，其他黃庭堅、王安石、晁補之、柳永、周邦彥等，皆認爲有所缺失，南宋雖多少亦有若干可觀作家，然「詞至南宋而繁，亦至南宋而弊。」此爲王士禛之說之佐證。

《古今詞話・品詞篇》又引宋徵璧之詞說，可知華亭派尊重寫景之說法。其文云：

> 情景爲互助。今人作詞，少景多情。或以爲寫景則情減；然善言情者，必寓之於景，儘管以梨花、榆火、金井等景物上筆，亦能引人種種哀樂之情，不一定要高歌涕泣。

彭孫遹針對此論，力加非難，云：

> 近人詩餘，雲間獨盛，然能作景語，不能作情語。

其實，彭氏儘管反對華亭派，自己卻擅長抒情詞，王士禛甚至戲評之爲「艷情之當家」（見《詞苑叢談》卷五）。彭氏詞話亦有此論：

> 詞以艷麗爲本色，要是體制使然。如韓魏公、寇萊公、趙忠簡，非不冰心鐵骨，勳德才望，照映千古，而所作小詞有「人遠波空翠」，「柔情不斷如春水」，「夢回鴛帳餘香嫩」，

皆極有情致，盡態窮妍。

董以寧亦能情詞，卻云：

> 金粟謂近人詩餘，能景語不能情語；僕則謂情語多，景語
> 少，同是一病，但言情至色飛魂動時，乃能於無景中著景，
> 此理近人未解。

此爲極論情詞之妙者，與前舉宋徵璧寓情於景之說，恰成對照。

除此二派外，李漁之《窺詞管見》亦爲當時所推重。李漁以戲曲
名家，詞雖非其所長，但論詞之意見頗多。其就韻文論詞之性質云：

> 作詞之難，難於上不似詩，下不類曲，不淄不磷，立於二
> 者之間。大約空疏者作詞，無意肖曲，而不覺彷彿曲。有
> 學問人作詞，盡力避詩，而究竟不離於詩。

爲免於此弊病，要能辨別各音調。

又云：

> 詩之腔調宜古雅，曲之腔調宜近俗，詞之腔調則在雅俗相
> 和之間。

又論詞曲之分別，云：

> 蓋同一字也，讀是此音，而唱入曲中全與此音不合，故不
> 得不爲歌兒體貼，寧使讀時礙口，以圖歌時利吻，詞則全
> 爲吟誦而設，止求便讀而已。

亦惟如李漁之戲曲作家，論詞曲之區別，始能如是切中肯綮。其詞論
之一貫理想，主張「雅俗相和」，其嘲笑過雅之時弊，云：

> 詞之最忌者有道學氣，有書本氣，有禪和子氣。近日之詞，
> 禪和子氣絕無，道學氣亦少，所不能盡除者，惟書本氣
> 耳。……讀書人作詞，自然不離本色，然則唐、宋、明初
> 諸才子，無不讀書，而其詞中不出一字。

然亦當避免流於鄙俗，故非難南唐李後主名作〈一斛珠〉詞結句「繡
牀斜憑嬌無那，爛嚼紅絨，笑向檀郎唾」云：

> 此詞亦爲人所競賞，予曰此娼婦倚門腔，梨園獻醜態也。
> 嚼紅絨以唾郎，與倚市門而大嚼，唾棗核、瓜子以調路人
> 者，其間不能以寸。優人演戲，每作此狀以發笑端，讀詞

者，又止重情趣，不問妍媸，復相傳爲韻事，謬乎不謬
乎？……就字句之淺者論之，爛嚼打人諸腔口，幾於俗殺，
豈雅人詞內所宜。

其次，論詞中之人我敍述法云：

詞內人我之分，切宜界得清楚。……常有前半幅言人，後
半幅言我，或上數句皆述己意，收煞一二語忽作人言，甚
至有數句之中互相問答，彼此較籌亦至數番者。此猶戲場
上，生旦淨丑數人迭唱之曲，抹去生旦淨丑字面，止以曲
文示人，誰能辨其孰張孰李。詞有難於曲者，此類是也。

綜觀李漁諸說，確有獨到之處。

清初詞壇諸大家，有宗北宋者，有主唐五代者，然初時均能承繼
宋詞之韻律，亦注重宋詞重、拙、大之風格。但至王士禎及鄒祇謨兩
氏，自創詞格，變拙、重、大，而爲輕、巧、纖，於是詞風失其眞面
原形，遂爲朱氏倡導之清、空、婉、麗浙派風格所取代矣。

（二）陽羨派

陽羨一派，以陳維崧爲首，宗之者有吳綺、曹亮武、萬樹、楊芳
燦、洪亮吉、黃景仁、史承謙、孫枝蔚等。

其詞論不主南宋之典雅，而以豪放爲主，故宗蘇、辛。《清史列
傳》言陳維崧性落拓；朱彝尊〈邁陂塘〉詞〈題其年塡詞圖〉云「擅
詞場、飛揚跋扈，前身可是青兕」；朱祖謀品題清詞之〈憶江南〉詞
亦云「迦陵韻，哀樂過人多。跋扈頗參青兕氣，清揚恰稱〈紫雲歌〉。」
皆可見陳氏之豪放風格。

再者，由作家所用曲調亦可觀其作風：《迦陵詞》中〈滿江紅〉
多至九十六闋，〈金縷曲〉及〈念嬌奴〉亦多至百餘闋。集中近似稼
軒者較近似東坡者爲多。

辛棄疾詞，奄有豪壯、縣麗、雋逸、沉鬱諸長；陳維崧得辛詞之
豪壯、縣麗、雋逸，但沉鬱則嫌不足。陳廷焯《白雨齋詞話》評之曰：

迦陵詞氣魄絕大，骨力絕遒。塡詞之富，古今無兩。只是

　　一發無餘，不及稼軒之渾厚沉鬱。

此點與陳氏之率易成篇有極大關係，蓋陳氏填詞，每於歌筵舞席，一揮而就，故全集作品，其多如許也。

　　陽羨派詞論之精義，在以風騷說詞，意在推崇詞體。陳維崧〈董文友集序〉云：

　　　（董以寧）又工倚聲。今夫美人香草，屬於君王，此興閨禕，奚妨染指。彼夫以香奩西崑之體目文友者，是豈知吾文友者乎？離亂之人，聊寓意焉。

又其〈蝶庵詞序〉更借友人之口云：

　　　夫作者非有國風美人離騷香草之志意，以優柔而涵濡之，則其入也不微，而其出也不厚。人或者以淫褻之音亂之，以佻巧之習沿之，非偶則誣。故吾之為此也，悄乎其有為也……。

所謂「離亂之人，聊寓意焉」，「作者非有國風美人離騷香草之志意，以優柔而涵濡之，則其入也不微，而其出也不厚」，均與常州派周濟之宅託說、尊體說等詞論有暗合處。

　　陽羨派氣盛筆重，佳處在於才華英發，辭鋒橫溢，可補救纖弱之失。然其弊病卻在不能沈厚，毫無餘味，而流於粗疏叫囂。謝章鋌《賭棋山莊詞話》云：「迦陵流盪浩瀚，時少停滀，其率易處，頗不宜取法。」又云：「學稼軒者，胸中先具一段真氣奇氣，否則雖紙上奔騰，其中俄空焉，亦蕭蕭索索如牖下風耳。」均為中肯之論。

　　康熙至乾隆年間，為清代極盛時期，政治清明，社會安定，百姓生活豐裕，所需者為浙派之典雅渾成，而非陽羨派之慷慨激昂。〔註6〕陳維崧雖與朱彝尊並負軼世之才，工力悉敵，一時未易軒輊。但學朱彝尊，一則有法可循，一則可以學力補才氣之不足，學之不至，亦無

_____

〔註6〕朱彝尊〈紫雲詞序〉云：「曩時兵戈未息，士之棲于山澤者，見之吟卷，每多幽憂悽戾之音，海內言詩者稱焉。今則兵戈盡偃，又得君撫循而煦育之誦，其樂章有歌咏太平之樂。……」正足以透個中消息。

大弊，但學陳維崧，如才氣不夠，即易致「蹈湖揚海」，流於浮囂。
且詞本當以婉約爲主，陳矗恒論詞絕句云：

> 敢言豪氣全無與，詩論天然非所宜；千古風流歸蘊藉，此
> 中安用莽男兒。〔註7〕

「此中安用莽男兒」，足探其中消息。

因此，從任何一方面看，陽羨派均遠較浙江派遜色。陳廷焯《白
雨齋詞話》言「揚朱抑陳」者爲「庸耳俗目」，所言偏頗，大有商榷
餘地。

文學思潮不斷演進，浙江派之領導清代詞壇百餘載，實爲必然之
趨勢也。

〔註7〕見繆荃孫編《國朝常州詞錄》陳矗恒部分。矗恒與維崧同時，籍貫
亦同。

第二章　浙派詞論探究

　　浙江派詞家中除田同之、郭麐二人有詞話外，徐釚亦有《詞苑叢談》、《南州草堂詞話》，李良年著有《詞壇紀事》、《詞家辨證》。至於朱彝尊、厲鶚，雖無詞話，然朱編有《詞綜》三十卷，廣收由唐至元之詞，於選擇間表示己見，《曝書亭集》四十卷中，收錄十篇爲他人詞集所作序文，厲鶚《樊榭山房文集》卷四，有論詞絕句及爲他人詞集作序五篇，是即兩家之詞話也。此外汪森、馮登府、丁澎、曹貞吉、王昶、項廷紀等爲他人或自己詞集所作序文，其中亦多少散見其個人詞論。

　　由於文獻不足，欲探討浙派詞論，恐未能詳盡完備，但余就上述有限資料條縷分析，亦可窺其梗概。茲分尊崇詞體、標舉雅正、主南宋以姜張爲宗、講技巧重聲律，及餘論，共爲五節列述之。

第一節　尊崇詞體

　　詞於各體文字中，號稱末技。自唐宋以來，一般人往往薄詞爲小道。如歐陽炯〈花間集序〉云：

　　　廣會眾賓，時延佳論。因集近來詩客曲子詞五百首，分爲
　　　十卷。

《古今詞話》云：

和凝好爲小詞，布於汴洛。泊入相，契丹號爲曲子相公。

王灼《碧雞漫志》（卷一）云：

> 蓋隋以來，今之所謂曲子者漸興，至唐稍盛。今則繁聲淫
> 奏，殆不可數。古歌變爲古樂府，古樂府變爲今曲子，其
> 本一也。

辭氣之間，似存卑視心理。稱「曲子」或「曲子詞」原爲事實；而《花間集》必於「曲子詞」上，加以「詩客」之美名。宋人稱詞，恆冠以「小」字。明所依之曲調，已非夏之正聲，繁聲淫奏，但爲「胡夷里巷之曲」。（見龍沐勛〈詞體之演進〉一文）

詞所依之聲既非雅樂，故在宋初，士大夫間，猶往往以作詞爲忌諱，如上述和凝之焚稿，如陸游自序詞集云：

> 予少時汨於世俗，頗有所爲，晚而悔之。

又加晏幾道〈小山詞自序〉言：

> 浮沉酒中病世之歌詞，不足以析酲解慍。

以爲詞之爲用，僅於「析酲解慍」抒懷記事而已。至於元明二朝，詞家不多，佳作尤少，詞學愈趨衰微，不受重視。朱彝尊〈柯寓匏振雅堂詞序〉曾慨嘆云：

> 宋元詩人，無不兼工樂章者。明之初亦然。自李獻吉論詩，
> 謂唐以後書可勿讀，唐以後事可勿使，學者篤信其說，見
> 宋人詩集，輒屏置不觀，詩既屏置，詞亦在所勿道。焦氏
> 編《經籍志》，其于二氏百家搜采勿遺，獨樂章不見錄，宜
> 作者之日寥寥矣！

清初詞學觀念亦未稍改，如王士禎初好倚聲，入朝後位高望重，即絕口不提，視花間草堂爲雕蟲小技。（見朱東潤《中國文學批評史綱》）如王煒序《珂雪詞》云：

> 先生命世長才，無心游藝，即詩文之高妙，不足以概生平，
> 況于詞之末技乎？

由此可見詞被目爲小道之一斑。探究其原因，不外乎詞之體制纖弱香軟，以及時代環境使然。

　　吾國文人之言詩歌者，均以風雅爲極則；所謂比興之義，不淫不亂之旨，所爭在托興之深微，所務爲修辭之雅正。由傳統觀念以論詞，固早被士大夫視爲小道，而一旦欲上躋於風雅之列，則抉擇標準勢必從嚴，此清代言詞學者，所以先貴尊體也。（見龍沐勛選詞標準論）故欲推崇詞體者，均將詞與風騷相提並論。茲分功用說、源流論以述浙江派尊體之立論。

一、功用說

　　朱彝尊〈靜惕堂詞序〉云：

　　　　念倚聲雖小道，當其爲之，必崇爾雅，斥淫哇，極其能事，則亦足以宣昭六義，鼓吹元音。

又序陳緯雲《紅鹽詞》亦云：

　　　　詞雖小技，昔之通儒巨公往往爲之。蓋有詩所難言者，委曲倚之於聲，其辭愈微，而其旨益遠者。假閨房兒女之言，通之於離騷變雅之義，此尤不得志於時者所宜寄情焉耳。

田同之於〈西圃詞說自序〉中，完全襲用是說：

　　　　填詞豈小技哉？……詞有四聲五音、清濁輕重之別，較詩律倍難，且有詩所難言者委曲倚之於聲，其旨愈遠。所謂假閨房之語，通風騷之義，匪惟不得志於時者之所宜爲，而通儒鉅公亦往往爲之。不然張文潛以屈宋蘇李譬方回，黃山谷以高唐洛水方晏氏，亦從無疑二家之言爲過情者。咄咄填詞又豈小技哉！

朱、田均爲詞能「假閨房兒女之言，通之於離騷變雅之義。」此就詞之功用加以闡述，以達尊體之目的。

　　然朱於〈陳緯雲紅鹽詞序〉中又言其作品，大都是「餬口四方」「羇愁潦倒」之中「與箏人酒徒相狎，情見乎詞」之作。甚至〈紫雲詞序〉更言：

　　　　詞則宜於宴嬉逸樂以歌咏太平，此學士大夫並存焉而不廢也。

朱氏持論如此，而欲推崇詞體，實不無矛盾之處。厲鶚、高士奇亦有是病。厲鶚於〈張今涪紅螺詞序〉云：

> 詞雖小道，非善學者不能爲，爲之亦不能工也。

高士奇〈清吟堂自序〉亦云：

> 自憐年齒將邁，不能澄懷觀道，乃作綺語，得無爲士君子所譏議。

仍念念不忘「詞雖小技」「倚聲雖小道」之論也。

二、源流論

此論乃探討詞之源流正變，似較功用說周延而有力。朱彝尊〈水村琴趣序〉云：

> 〈南風〉之詩、〈五子之歌〉，此長短句之所由昉也。漢〈鐃歌〉〈郊祀〉之章，其體尚質，迨晉宋齊梁〈江南〉〈采菱〉諸調，去填詞一間爾。詩不即變爲詞，殆時未至焉。既而萌于唐，流演于十國，盛於宋。

汪森爲《詞綜》作序，亦託本於《詩》三百篇，而重述其旨云：

> 自有詩而長短句即寓焉。〈南風〉之〈操〉、〈五子之歌〉是已。周之〈頌〉三十一篇，長短可居十八，漢〈郊祀〉歌十九篇，長短句居其五；至〈短簫鐃歌〉十八篇，篇皆長短句；謂非詞之源乎？迨于六代，〈江南〉〈採蓮〉諸曲，去倚聲不遠，其不即變爲詞者，四聲猶未諧暢也。自古詩變爲近體，而五七言絕句，傳于伶官樂部，長短句無所依，則不得不變爲詞。當開元盛日，王之渙、高適、王昌齡詩句流播旗亭，而李白〈菩薩蠻〉等詞亦被之歌曲。古詩之於樂府，近體之於詞，分鑣並驟，非有先後，謂詩降爲詞，以詞爲詩之餘，殆非通論矣！

汪森與竹垞交好，故其持論相同，眞得詞之源流，非謬爲附會以尊詞也。

王昶則以爲汪氏之說，實爲卓見，然猶未盡也。故於〈國朝詞綜序〉中闡論云：

> 蓋詞實繼古詩而作，而詩本乎樂，樂本乎音。音有清濁高
> 下、輕重揚抑之別，乃爲五音十二律以著之，非句有長短，
> 無以宣其氣而達其音。故孔穎達《詩正義》謂，〈風〉〈雅〉
> 〈頌〉有一二字爲句，及至八九字爲句者，所以和以人聲
> 而無不協也。三百篇後，楚辭亦以長短爲聲，至漢〈郊祀
> 歌〉〈鐃吹曲〉〈房中歌〉，則七言絕句，其餘皆不入樂。李
> 太白、張志和始爲詞，以續樂府之後，不知者謂詩之變，
> 而其實詩之正也。由唐而宋，多取詞入於樂府，不知者謂
> 樂之變，而其實正所以合樂也。

此於句法之所以長短，果能深知其故，然不知王氏所指古詩，是朱、
汪所謂「〈南風〉之〈操〉、〈五子之歌〉」之類乎？或謂漢世所遺如何
梁贈答及十九首之類乎？

厲鶚於〈羣雅詞序〉中云：

> 詞源於樂府，樂府源於詩。

《論詞絕句》首章亦有句云：

> 美人香草本《離騷》。

田同之《西圃詞說》則以詞爲變風之遺，云：

> 詞雖名詩餘，然去〈雅〉〈頌〉甚遠，擬於〈國風〉庶幾近
> 之。然二南之詩，雖多屬閨帷，其詞正，其音和，又非詞
> 家所及，蓋詩餘之作，其變〈風〉之遺乎？惟作者變而不
> 失正，斯爲上乘。

丁澎〈定山堂詩餘序〉云：

> 詩餘者，三百篇之遺，而漢樂府之流系也。其源出於詩，
> 詩本文章，文章本乎德業，即謂詩餘爲德業之餘，亦無不
> 可者。

馮登府〈小庚詞序〉云：

> 詩者，樂章之流派也。唐始萌芽，至宋暢其流。

郭麐《靈芬館詞話》則云：

> 詞家者流，源出於〈國風〉，其本濫於齊梁。

綜觀以上所列，不外乎是認爲詞與《詩經》、《楚辭》同源而異流，因

此，詞可與風騷等量齊觀。如此推衍，詞體之獲尊崇，自屬理所當然。

至於詞之形成年代，歷來眾說紛紜，莫衷一是。有主六朝者，有主唐朝者，有主隋朝者。臺伯薔師〈從「選詞以配音由樂以定辭」看詞之形成〉一文（見《現代文學》第三十三期《中國古典文學研究專號》），以爲應當在隋唐之際。觀其論據，師說似較可信。

由上所列，知浙江派中朱彝尊、馮登府均主唐朝者，郭麐主六朝，餘則未見主張。

關於詞形成之原因，汪森云：

> 五七言絕句，傳於伶官樂部，長短句無所依，則不得不更
> 爲詞。

此論大有商榷餘地。詩人自爲五七言絕句耳，樂部歌之，襯字泛聲，遂變成長短句，太白飛卿即并其襯字泛聲塡之，非絕句之外，別有長短句也。而王昶以爲形成因素是「選詞以配聲」，則能言之成理。

其次談田同之以變風擬詞體。據毛序言，王道衰，禮義廢，政教失而後有變風變雅，則變風寓有刺譏或託諭，乃勢所必然。變風之義即比興之義，如能應用比興之寫作技巧於詞作中，「寓情草木」「託意男女」，則適足以救詞體「語懦意卑」之弊（見王炎〈雙溪詩餘自序〉），當然更可提高詞之地位。

綜觀浙江派尊體理論，功用說無法令人信服，源流論亦僅用於「上附風騷」一項，未有其他立論根據，未免空疏，而稍嫌薄弱。然其理論雖欠週詳，但於清代詞壇起領導作用，而對後起之常州派有所影響，功亦不可沒也。

第二節　標舉雅正

浙江派之興起，其宗旨在於矯正明末清初詞壇之流弊。明末清初詞人非走花間之綺靡風華，即趨向草堂、花庵之俗濫。朱彝尊於〈孟彥林詞序〉有云：

> 詞雖小道，爲之亦有術矣。去花庵、草堂之陳言，不爲所

役，俾淬簏滌濯，以孤枝自拔於流俗，綺靡矣而不纇乎情；

鏤琢矣而不傷乎氣，夫然後足於古人方駕焉。

故獨標「雅」字為詞旨，表章周密之《絕妙好詞》。

然朱之思想乃淵源於曹溶。曹溶對詞之見解，以其序沈雄與江尚質合編之《古今詞話》，最具價值，茲選錄於後：

> 填詞於搞文最為末藝，而染翰若有神工。蓋以偷聲減字，
> 惟摭流景於目前；而換羽移宮，不留玅理於言外。雖集天
> 份之殊優，加人工之雅縟，究非當行種草、本色真乘也。
> 所貴旨取花明，語能蟬脫；議論便入鬼趣，淹博終成骨董。
> 在儷玉駢金者，向稱笨伯；而矜蟲鬥鶴者，未免儓父。用
> 寫曲衷，亟參活句。有若國色天香，生機欲躍，如彼山光
> 潭影，深造匪艱。務令味之者一唱三歎，聆之者動魄驚心。
> 所云意致相詭，無理入玅者，代不數人，人不數句。其有
> 造詞過壯，則與情相戾；辯言過理，又與景相違。剽儇者
> 靡而短於思，臆拊者俳而淺於法。剪採雜，而頺古者卑之；
> 操作易，而深研者病之。即工力悉敵，意態粉陳，要皆糠
> 秕，墮彼雲霧，不知文餘玅諦，解出旁觀。詞話一書，似
> 復以莊註郭，以疏鈔經。然肇自李唐、趙宋，迄於勝國、
> 熙朝，辨及九宮四聲，斷自連章隻字。所賴集諸家而為大
> 晟，規模亦可盡變，綜前說而出新編，穿貫即為知音也……
> 上不牽累唐詩，下不濫侵元曲者，詞之正位也；豪曠不冒
> 蘇辛，穢褻不落周柳者，詞之大家也……。

此段話之要點乃不主張議論，不求淹博，不尚華辭麗藻，一言以蔽之，即要求雅正。

朱彝尊繼承是說，加以擴充，乃特別標舉雅正二字，於〈羣雅集序〉云：

> 蓋昔賢論詞，必出于雅正，是故曾慥錄《雅詞》，銅陽居士
> 輯《復雅》也。

於《樂府雅詞》跋序亦云：

> 蓋詞以雅為尚，得是編，《草堂詩餘》可廢矣。

又如〈蔣京少梧月詞序〉中，贊蔣京少詞：

> 穠而不靡，直而不俚，婉曲而不晦，庶幾可嗣古人之逸響。

其所論蓋正合乎「雅正」之標準也。

厲鶚既出，更大暢「雅」之宗旨，因其平生不入仕宦，吟嘯湖山，詞境清空瀏亮，於是更加標尚。其於〈羣雅詞集序〉中論詞之尚雅云：

> 四詩大小雅之材，合百有五。材之雅者，風之所由美，頌之所由成。由詩而樂府而詞，必企夫雅之一言，而可以卓然自命爲作者。故曾端伯選詞，名《樂府雅詞》，周公謹善爲詞，題其堂曰志雅。詞之爲體，委曲嘽緩，非緯之以雅，鮮有不與波俱靡，而失其正者矣。……今諸君詞之工，不減小山，而所託興乃在感時賦物，登高送遠之間，遠而文，澹而秀，纏綿而不失其正，騁雅人之能事。

是猶謂詞之託體既卑，不得不藉騷雅之辭，以提高其風格。所謂「遠而文，澹而秀，纏綿而不失其正。」正指內容醇雅而言。此說雖從朱竹垞來，但顯然較朱氏具體。又云：

> 冷紅詞客標以「羣雅」，豈非倚聲家砭俗之鍼石哉。

又其稱後輩張龍威之詞清婉深秀。（見〈紅蘭閣詞序〉）所謂「清婉深秀」，殆可爲「雅」字作注腳。

厲鶚曾推重張炎云：

> 玉田秀潤溯清空，淨洗花香意匠中。

故知於「雅」之外，厲氏特舉「清空」二字，其傾倒於張炎者，即爲此洗盡粉飾之清爽趣致。鶚自製之詞，正不離此種特質。

郭麐《靈芬館詞話》宗旨大抵以朱氏《詞綜》爲準則，排斥浮艷，貴取溫雅。其說云：

> 世之論詞者，多以穠麗雋永爲工，燈紅酒綠，脆管么絃，往往令人傾倒，然非詞之極工也。吾友蘭村，少善倚聲，多側艷，及刻《捧月樓詞》，則一歸於雅。余前既言之矣，要其尤工者，則在於朋友離合，死生契濶之間。

由此大體可窺其平生主張。此外郭氏又仿唐司空圖二十四品，著《詞

品》十二則，楊夔生更續作十二則，湊成二十四則。《詞品》收於文集中，楊氏續作則載於《詞話》上，又併此二者收於《蓮子居詞話》卷三，或《詞學集成》卷八中。

郭氏《詞品》品目即：幽秀、高超、雄放、委曲、清脆、神韻、感慨、奇麗、含蓄、逋峭、穠艷、名雋，並各以四言韻文形容其趣旨。誠如上述，其好尚在雅詞，不取艷詞，故十二品中所標舉者，亦皆如是。例如其中有關艷詞之二品目：「奇麗」項乃敍述南海絞人之絹織情態；「穠艷」則描述詞人新婚者。兩者皆屬清逸之艷麗。又其贊賞所崇拜之竹垞詞云：

> 詞雖多艷語，然皆一歸雅正，不若屯田樂章，徒以香澤爲工者，而艷詞能如竹垞，斯可矣。(《國朝詞綜》卷八引)

郭氏之理想蓋即在此。但最適合其趣味者，當是「清脆」一品，其四言贊語云：

> 美人滿堂，金石絲簧，忽擊玉磬，遠聞清揚。韻不在短，亦不在長。哀家一梨，口爲芳香（脆）。芭蕉灑雨，芙蓉拒霜，如氣之秋，如冰之光（清）。

此點與樊榭詞被評爲「生香異色，無半點煙火氣，如入空山，而聞流泉。」(〈樊榭山房集外詞題解〉）者，趣味相彷彿。

此外吳錫麒、田同之亦有關於「雅正」之論。吳氏〈銀滕詞序〉云：

> 倚聲之道，雅正爲難，質實者連蹇而滯音，浮華者苛縟而喪志。其或猛起奮末，徒規於虎賁，陰淫案衍，漸流爲爨弄，翩其返矣，又何稱乎？

〈竹滬漁唱〉序云：

> 詞之道，情欲其幽，而韻欲其雅，摹其履舄，則病在淫哇，雜以箏琵，則流爲傖楚。

又云：

> 以綺麗之傷骨，而力洗穠纖；以奮勵之滯音，而務懲偏宕。采湘丸以植骨，援颷謌以流韻；騰其餘絢，足煥采於雲藍；

習其恆姿，亦奮秀於山綠。

以上各序雖就各家之長，而被以誤詞。然其所論，實亦倚聲家之矩矱也。

田同之於「雅」之外，又標舉「清空」「見本色」二者。《西圃詞說》云：

> 詞之意貴新，設色貴雅，構局貴變，言情貴含蓄。

> 填詞亦各見性情，性情豪放者，強作婉約語，畢竟豪氣未足；性情婉約者，強作豪放語，不覺婉態自露，故婉約自是本色，豪放亦未嘗非本色也。

> 《樂府指迷》云：「詞要清空，不要質實」。此八字是填詞家金科玉律，清空則靈，質實則滯，玉田所以揚白石而抑夢窗也。

以上所列舉者乃浙江派標舉雅正之大概，歸納言之，即主張內容須醇正典雅也。所謂「尚雅」，不似樂工詞之雅俗共賞，而是指「雕章琢句，意象深沈」之文士之詞。

金元之際，南北曲興起，歌詞之法不傳，醇雅之音漸絕，此時乃尚曲而不尚詞；至明代而詞學之衰微極矣，其間詞人都沿元詞之餘波，時竊取唐宋詞以入曲，而所肆習，惟《花間》、《草堂》二本，多是所謂「俗濫」，傳衍五代、北宋，歌筵曲子之風調，將南宋姜白石、吳夢窗一派文人雅詞束之高閣。《花間》、《草堂》之所以流布尤廣，「正由其雅俗兼陳，足備撏撦之用，故當其詞學式微之日，獨得盛行。」（見《詞學季刊》第一卷第二號龍沐勛〈選詞標準論〉一文）

清初詞人未脫晚明舊習，朱、厲思欲興起絕學，不得不別樹一幟，先之以尊體，繼之以開宗，而風氣之轉移，乃在一二選本之力；選詞之標準，亦遂與前代殊途。朱彝尊〈詞綜發凡〉有云：

> 言情之作易流於穢。此宋人選詞多以雅為目。法秀道人語涪翁曰：「作艷詞，當墮犁舌地獄。」正指涪翁一等體制而言耳。填詞最雅無過石帚，《草堂詩餘》不登其隻字，見胡浩〈立春〉〈吉席〉之作，蜜殊咏桂之章，亟收卷中，可謂

無目者也。

按黃山谷屢以浮艷之語入詞，故法秀道人有所指責。又胡浩然〈立春〉詞云：

> 奇絕開宴處，珠履玳簪。俎豆爭羅列，舞袖翩翩，歌喉縹
> 渺，壓倒柳腰鶯舌。

〈吉席〉詞云：

> 瀟洒佳人，風流才子，天然分付成雙。

又：

> 分明是，芙渠浪裡，一對浴鴛鴦。

> 願五男二女，七子成行，男作公卿將相，女須嫁君宰侯王。

曾仲殊在〈桂花〉詞云：

> 花則一名，種分三色，嫩紅妖白嬌黃。

> 狀元紅是，黃為榜眼，白探花郎。

諸如此類平淺之調、鄙俗之語，《草堂詩餘》亟收卷中，朱氏乃大加非議。古人樂府專重典雅，竹垞操選，以此為準。伶工之詞，至是乃為士大夫所擯棄。

龍沐勛〈選詞標準論〉一文，對竹垞提出「詞以雅為尚」之準則，曾加以批評云：

> 在歌法失傳之後，論詞者固當以盡雅為歸，而在歌詞盛行
> 之時，固貴雅俗共賞。

知浙江派之高舉「雅正」，除欲達建立宗派外，實對時弊痛下針砭。當於詞樂消沈數百年後，文人才士所寄託於文字者，亦貴其能表現時代精神與作者之性情懷抱，兼及技巧而已。亦即內容須醇正，字句要琢磨之謂也。

第三節　主南宋，以姜張為宗

朱氏既尊雅正，崇尚南宋之詞家，故於〈詞綜發凡〉，就詞學目標云：

世人言詞必稱北宋，詞至南宋始極工，至宋季而始極其變，
姜堯章氏，最爲傑出。

又〈水村琴趣序〉云：

予嘗持論。謂小令當法汴京以前，慢詞則取諸南渡。錫山
顧典籍不以爲然也；魏唐魏孝廉獨信予説。

又〈魚計莊詞序〉云：

曩予與同里李十九武曾，論詞於京師之南泉僧舍，謂小令
宜師北宋，慢詞宜乎南宋，武曾深然予言。

又〈書東田詞卷後〉云：

予少日不喜作詞，中年始爲之，爲之不已，且好之，因而
瀏覽宋元詞集幾二百家。竊謂，南唐北宋，惟小令爲工，
若慢詞，至南宋始極其變。以是語人，人輒非笑，獨宜興
陳其年，謂爲篤論，信夫同調之難也。

由以上諸論，亦可見其宗旨矣！大概北宋初期，乃承晚唐五代詞風之
餘緒，多用詩人含蓄之筆以寫詞，往往以短雋勝。中期以後，雖經柳
永、蘇軾等藉慢詞以馳騁其才華，然一般作家，仍以小令爲主。至周
邦彥出，乃致力於綺麗旖旎之長調，於是慢詞體製漸備，琢辭之風遂
啓，南渡之後，辛棄疾以縱逸之天才，作「詞論」之詞，後姜夔以詩
人筆調作「雅士」之詞，而開慢詞特盛之風氣。姜氏遂被稱爲南宋慢
詞之「宗工」。當時名家如史達祖、高觀國、吳文英、周密、王沂孫、
蔣捷、張炎等，無一不以慢詞見長，且辭藻愈發工鍊，情致更顯幽細。
竹垞云：「詞至南宋，始極其工，至宋季始極其變。」殆指此而言。
朱云：「小令宜師北宋」，與傳統觀念並無二致，而揭標「慢詞宜師南
宋」，則與時説相背，無怪乎其嘆「同調之難也」。

其實以南宋爲優之説法，並非自朱氏始。明末俞彥於《爰園詩話》
早有此論，曰：

唐詩三變愈下，宋詞殊不然。歐、蘇、秦、黃足當高、岑、
王、李，南渡以後，矯矯陡健，即不得稱中宋晚宋也。

此當爲尊南宋詞之先聲。

又王士禎等人中如鄒祇謨，亦曾持長調南宋優於北宋之論，其詞話中曾云：

> 余常與文友（董以寧）論詞，謂小調不學《花間》，則當學歐、晏、秦、黃，……清眞樂章以短調行長調，故……嫌其不能盡變。至姜、史、高、吳而融篇、鍊句、琢字之法，無一不備。

朱氏之詞友曹貞吉亦作如是想。《詞苑萃編》卷八引朱竹垞語，有：

> 詞至南宋始工，斯言出，未有不大怪者。惟實庵（曹貞吉）舍人意與余合，今就詠物諸詞觀之，心摹手追，乃在中仙、叔夏、公謹……

云云。

關於竹垞最尊崇之南宋姜夔一派詞之發展，朱氏於〈黑蝶齋詩餘論〉中曰：

> 詞莫善於姜夔，宗之者張輯、盧祖皐、史達祖、吳文英、蔣捷、王沂孫、張炎、周密、陳允平（以上爲南宋）、張翥（元人）、楊基（明人），皆其夔之一體，基之後，得其門者寡矣！

與朱氏同編《詞綜》之汪森，於此書序文中，更具體提出相同見解：

> 西蜀南唐而後，作者日盛，宣和君臣轉相矜尚，曲調愈多，流派因之亦別，短長互見。言情者或失之俚，使事者或失之伉。鄱陽姜夔出，句琢字鍊，歸於醇雅，於是史達祖、高觀國羽翼之，張輯、吳文英師之於前，趙以夫、蔣捷、周密、陳允衡、王沂孫、張炎、張翥效之於後，譬之於樂舞箾至於九變，而詞之能事畢矣！

據此知其論說，似承受朱氏之意者。朱、汪見解以爲詞之技巧至南宋中期之姜夔始洗鍊，至末期諸家方臻於極致。然其所以編刊《詞綜》，當然亦本於尊重南宋之主旨。汪森之序文云：

> 世之論詞者，惟《草堂》是規，白石、梅溪諸家，或未闚其

集，輒高自矜詡，予嘗病焉，顧未有以奪之也。友人朱子錫鬯輯有唐以來迄於元人所爲詞，凡一十八卷，目曰《詞綜》，訪予梧桐鄉，予覽而有契於心，請雕刻以行。朱子曰，未也……子其博搜以輔吾不足。……竹垞仍北游京師，南至於白下，逾三年歸，廣爲二十六卷，予亦往來苕霅間，從故藏書家抄白諸集，相對參論，復益以四卷，凡三十卷。……歷歲八稔，然後成書，庶幾可一洗《草堂》之陋，而倚聲者知所宗矣。

此處所言《草堂詩餘》四卷，乃南宋無名氏編著，《四庫全書提要》考證爲慶元（南宋中期）以前作品。其選詞多不當，前節已略爲論及，且其所取僅止於南宋初期，以後均付缺如，此即朱氏等人最不滿處。《詞綜》一書既行於世，遂取當時流行之《草堂詩餘》而代之，南宋詞之全貌乃得公諸於世，其所得效果，更過於「詞論」矣。

又竹垞編《詞綜》時，曾熱衷於宋末詞人周密所精選之南宋一代詞集，即《絕妙好詞》七卷。當時此書是珍本，僅常熟藏書名家錢遵王藏有寫本，有朱氏賄賂錢家秘書，暗地與其他珍本一齊借出抄寫；或云是助朱氏編纂《詞綜》之柯崇樸借出刊行者（見《絕妙好詞箋》卷首紀事）。此書選者周密，乃宋末著名詞家，以高度之批評眼光所選，當是南宋詞之精華。《絕妙好詞》之重刊問世，使一時中衰之南宋詞風頓時興起。後屬鶚與查爲仁共著《絕妙好詞箋》，將有關記述書中作者或作品事蹟之文章，蒐輯附錄。予研究南宋詞者以莫大方便，而對南宋詞之提倡，似亦收到《詞綜》以上之效果。

竹垞於南渡諸家，最喜愛姜白石，推爲第一。〈詞綜發凡〉云：

填詞最雅，無過石帚。

餘如「詞莫善於姜夔」、「姜堯章氏，最爲傑出」。均可見其推尊備至。其次朱氏亦喜愛張炎。蓋張炎一生最推崇白石，故其詞風亦極相近。竹垞自題詞集〈解佩令〉云：

十年磨劍，五陵結客，把生平涕淚都飄盡。老去填詞，一半是空中傳恨。幾曾圍燕釵蟬鬢。　　不師秦七，不師黃

　　　　九，倚新聲玉田差近。落拓江湖，且分付歌筵紅粉。料封

　　　　侯白頭無分。

秦七即秦觀，黃九即黃庭堅，玉田即張炎。竹垞傾慕白石，而又自比
玉田，蓋以姜夔爲祖，張炎爲宗也。

　　繼承朱氏之南宋派大人物是厲鶚。厲氏〈紅螺詞序〉中曾談及宋
詞分派云：

　　　　嘗以詞譬之畫，畫家以南宗勝北宗，稼軒、後村諸人，詞

　　　　之北宗也；清眞、白石，詞之南宗也。

此說遂成爲後世常用之名論。按辛、劉之作風剛健，故比之爲直線之
北宗畫風；周、姜之作風婉轉，故比之爲曲線之南宗畫風。（見青木
正兒著《清代文學批評史》）

　　朱彝尊以姜張爲宗，厲鶚亦唯姜張是尙。厲氏〈論詞絕句〉第五
首論白石云：

　　　　舊時月色最清研，香影都從授簡傳。贈與小紅應不惜，賞

　　　　音只有石湖仙。

又乾隆二年，樊榭曾親手抄寫《白石道人歌曲》（見《國文月刊》第
五十期），尤其可見其對白石賞愛傾倒之情。

　　〈論詞絕句〉第七首云：

　　　　玉田秀潤溯清空，淨洗花香意匠中。

即在推重張炎。樊榭於〈玲瓏簾詞序〉又云：

　　　　兩宋詞派，推吾鄉周眞清，婉約隱秀，律品諧協，爲倚聲

　　　　家所宗。

以周邦彥爲宋詞家第一，此與竹垞推尊姜夔爲第一之說法又有不同。
并於〈羣雅詞集序〉云，

　　　　今諸君詞之工，不減小山，……方將凌鑠周、秦，頡頏姜、

　　　　史。

推舉周邦彥、秦觀、姜夔、史達祖等四家。蓋以史達祖配姜白石，是
承繼朱氏一派之系統；以秦觀配周邦彥，乃後起常州派之主張。青木
正兒推測「其所以舉此兩組目標，或許是自以爲前後兩派之中間存在

的意思。」

又樊榭論小令主唐、五代，與朱氏之「宜取北宋」之說亦稍不同。
其詩集卷七，有〈論詩絕句〉十二首，首章評唐宋詞人云：

> 頗愛《花間》斷腸句，夜船吹笛雨瀟瀟。

第二首云「可人風絮墜無影」，第三首云「小山小令擅清歌。」又「張
柳詞名枉並驅，格高韻勝屬西吳。」其所以愛誦《花間集》及北宋晏
幾道小令，而又以爲吳興張先勝於柳永，皆可說明其「小令應取唐、
五代」之主張。

《芬陀利室詞話》（卷一）云：

> 浙派詞，竹垞開其端，屬樊榭振其緒，郭頻伽暢其風，皆
> 奉石帚、玉田爲圭臬，不肯進入北宋一步，況唐人乎？

郭麐江蘇吳江人，却爲浙江派之中堅人物，其《靈芬館詞話》，極力
推崇朱竹垞，云：

> 本朝詞人以朱竹垞爲至，一度廢《草堂》之陋，首闢白石
> 之風，《詞綜》一書，鑑別精審，殆無遺憾。其所自爲，則
> 才力既富，採擇又精，佐以積學，運以靈思，直欲平視《花
> 間》，奴隸周、柳、姜、張諸子，神韻相同，至字之典雅，
> 出語之渾成，非其比也。

似欲尊竹垞爲古今之第一詞聖，則其詞論當步竹垞後塵無礙矣！《靈
芬館詞話》有關於南宋派之主張二則云：

> 詞實至南宋，而始極其能，此不易之論也。

> 倚聲家以姜張爲宗是矣！然必得其胸中所欲言之意，與其
> 不能盡言之意，而後纏綿委折。如往而復，皆有一唱三歎
> 之致。近人莫不宗法雅詞，厭棄浮艷，然多爲可解不可解
> 之語，借面裝頭，口吟舌言，令人求其意指而不得。此何
> 爲者耶。昔人以鼠空鳥即爲詩妖，若此者亦詞妖也。

此言不蹈前人「強作解事」之弊，議論頗佳。謂「近日倚聲家莫不宗
法雅詞，厭棄浮艷，然多爲可解不可解之語，令人求其意指而不可得。」
足爲學浙江派者他山之錯。蓋詞尚雅正清空本無流弊，而後之作者多

隱晦語，此乃不善學之病也。

　　餘如龔翔麟、田同之、王昶亦均以朱氏《詞綜》爲準則，尊南宋，標姜張。龔翔麟〈柘西精舍詞序〉云：

> 是二家（指叔夏、白石）之詞，非深於情者，未必能好，
> 即好之而不善學，亦未必能似。

此言頗中肯綮，可與郭麐之說相發明。田同之《西圃詞說》則云：

> 詞始於唐，盛於宋南北，歷二百餘年，畸人代出，分路揚
> 鑣，各有其妙。至南宋諸名家，倍極變化，蓋文章氣運不
> 能不變者，時爲之也。於是竹垞遂有詞至南宋始工之說。
> 惟漁洋先生云：「南北宋止可論正變，未可分工拙。」誠哉
> 斯言，雖千古莫易矣！

田氏贊同朱氏「詞至南宋始極工」之說，但反對「南宋優於北宋」，以爲南北宋可以正變論之，而未可以工拙分其高下，謂「文章氣運不能不變者，時爲之也」，亦即王國維氏所言「不得不變之勢」也。田氏又云：

> 姜夔堯章崛起南宋，最爲高潔，所謂如野雲孤飛去留無迹者。
> 南宋詞人如白石、梅谿、竹屋、夢窗、竹山諸家，之中當
> 以史梅谿爲第一，昔人稱其分鑣清眞，平睨方回，紛紛三
> 變，行輩不足比數，非虛言也。

以姜堯章爲南宋最高潔者，但卻將本附屬於姜氏之史達祖，提升爲第一。按梅谿詞輕盈綽約，盡態極妍，於南宋諸大詞人中，確有一種特殊之風格。田氏稱之，非無因也。

　　王昶一生專師竹垞，其所著之書，皆若曹參之於蕭何，繼朱氏《詞綜》之後，而有《明詞綜》、《國朝詞綜》之選。其言云：

> 北宋多北風雨雪之感，南宋多黍離麥秀之悲，所以爲高。（《詞
> 學集成卷五》引錄）

誠哉是言，詞若漫無寄託，誇多鬥靡，豈大雅所屑道者哉！

　　自竹垞《詞綜》出，浙西塡詞者，家白石而戶玉田，春容大雅，風氣之變，實由於此（朱彝尊《靜志居詩話》）。浙江派承明詞之敝而

崇尚雅正，標揭南宋詞風。所謂南宋詞風與北宋詞之不同，大抵一是
文士之詞，雕琢章句，意眾深沈；一是樂工之詞，婉轉華麗，雅俗共
賞。朱氏舣「詞至南宋始極工」之論，乃針對當時孟浪言詞者發；即
對明人之孟浪，北宋之粗疎而言，否則北宋如晏、柳、蘇、秦可謂之
不工乎，且竹垞之與李良年論詞也，亦曰：「慢詞宜師南宋，小令宜
師北宋」又曰：「詞至北宋而大，至南宋而深。」（《人間詞話》卷下
引）矣！按明自劉誠意、高季迪數君而後，師傳既失，鄙風斯扇，誤
以編曲爲填詞，故焦循《經籍志》備采百家，下及二氏，而倚聲一道
缺焉，蓋以鄙事視詞久矣。升菴、荓州力挽之，於是始知有李唐、五
代、宋初諸作者。後耳食之徒又專奉《花間》爲準的，一若非《金荃
集》、《陽春錄》舉，不得謂之詞，并不知尚有辛、劉、姜、史諸法門，
於是竹垞大聲疾呼，力闡宗旨。（見《睹棋山莊集·詞話》九）

因此浙江派崇尚姜白石之詞風，以爲姜詞最雅，格調最高，故擡
舉白石，並及玉田，以爲登峯造極之境。南宋姜張一派詞，所以歸於
醇雅，其間亦自有故。蓋小令滋衍於晚唐五代，至北宋而體製大成，
慢詞大盛於宋仁宗朝，柳永《樂章集》可謂一時之代表；而所依之聲，
多爲教坊新曲。後周邦彥提舉大晟府，其曲遂繁。要知北宋詞多爲教
坊而作，主要供歌席舞筵之用，傳唱期於普遍，故須雅俗雜陳。而南
宋詞既多爲文人聊自怡悅之資；其聲曲之產生，又多出於文人自度；
或清貴富厚之家，私蓄工妓從事練習；如姜夔自製〈暗香〉、〈疏影〉
二曲，而范成大家妓，爲之歌唱（《白石道人歌曲》五）；又如當時貴
冑張樞、楊纘，皆喜音津，嘗自製曲與並世詞客相往還。（《浩然齋雅
談》）所有歌詞，既爲少數人欣賞而作，則作者立意須深，措詞求綺
麗，取材不再限於閨閣、綺筵，詩境與詩句之手法，均可移入填詞；
鄙俗之病，自然滌除，故極工而盡雅。「北宋詞野，南宋詞雅」，其因
即在此也。

周密亦竹垞所謂宗法堯章者，而《蘋洲漁笛譜》一編，所以酬唱
者，有李彭老、李萊老、張樞、施岳、陳允平、楊纘、吳文英、趙崇

嶓、王沂孫、趙孟堅、盧祖皋、張輯、孫惟信、趙汝茷諸人，或擅詞華，或擅音律。舉凡竹垞所謂姜派詞人，大抵瓜葛有連，淵源有自；而其所以盡雅之故，則彞尊亦不暇深考其所以然，徒欲立義標宗，乃拈出「雅」字，以姜氏為宗，儼然特立一系統。又值康熙極盛之世，文人才士，方藉詞以為陶寫性靈之資；取姜張之醇雅，以端其歸趣，亦未始非適應運會，有功詞苑之舉。（參用龍沐勛〈選詞標準論〉）

常州派張惠言弟子金應珪曾指出浙江派標舉姜張之弊云：

> 然乃璚樓玉宇，天子識其忠言，斜陽衰柳，壽星指為怨曲，造口之壁，比之詩史，太學之詠，傳其主文。近世為詞厥有三敝，義非宋玉，而獨賦蓬髮，諫謝淳于，而惟陳履鳥，揣摩牀笫，污穢中冓，是謂淫詞，其敝一也。猛起奮末，分言析字，談嘲則俳優之末流，叫嘯則市儈之盛氣，此猶巴人振喉以和《陽春》，黽域怒嗑以調疏越，是謂鄙詞，其敝二也。規模物類，依托歌舞，哀樂不衷其性，慮歎無與乎情，連章累篇，義不出乎花鳥，感物指事，理不外乎酬應，雖既雅而不艷，斯有句而無章，是謂游詞，其敝三也。

> （〈詞選後序〉）

事實上姜張亦有其佳處，姜夔乃是以藝術家形式製詞，正如其所自言「道人心性如天馬，欲擺青絲出帝閑」與「自製新詞韻最嬌，小紅低唱我吹簫」之風流生活寫照。如張炎「怕見飛花，怕聽啼鵑。」「萬綠西泠，一抹荒煙，當年燕子知何處」，「長年息影空山，愁入庾郎句」等，雖稍嫌頹喪，然可見其詞風。只是姜張一派在南宋，各有其特殊性格與環境，張炎力主清空，其《詞源》卷下云：「清空則古雅峭拔」，「姜白石詞，如野雲孤飛，去留無迹。」以「野雲孤飛」譬喻清空之境，正明此事自關天分，非可力強而致。浙派獨標姜張，且以姜張為止境，遂為世所詬病；而其末流持此說以相標榜，徒崇爾雅，斥淫哇，詞作內容既鮮深情，又乏高格；流極所至，乃為餖飣，為寒乞，為滑易，為空無所有。周濟〈宋四家詞選序論〉有云：

> 雅俗有辨，生死有辨，真偽有辨。真偽尤難辨。稼軒豪邁

是眞，竹山便僞；碧山恬退是眞，姜張皆僞。

其實爲姜張何嘗皆僞，特貌爲姜張之浙江派末流，則眞性就湮，無可諱言耳。（龍沐勛說）

第四節　講技巧，重聲律

　　浙江派崇拜姜夔之因，由於姜詞之「字琢句鍊」。且既主南宋，自必多取慢詞長調，而慢詞長調多用雙式句法，宜於排比，故需於技巧上求其冶鍊、變化，亦即講求錘字鍊句，研聲刊律。朱彝尊〈孟彥林詞序〉，曾慨嘆：「自元以後，詞人之賦合乎古者蓋寡。三十年來作者奮起，浙江之西嫻而戶習，顧漸江以東，鮮好之者。」又云：「詞雖小道，爲之亦有術矣！」所謂「術」即技巧、軌範也。茲分用語、造句、審音三項以討論之。

一、用　語

　　朱竹垞〈紫雲詞序〉就詩詞用語陳述意見云：

　　　有以樂章語入詩者，人交訕之矣！雖然良醫之主藥，……各別而後處方，合散不亂其部要，其術則一而已。自唐以後，工詩者每兼工于詞，宋之元老若韓、范、司馬，理學若朱仲晦、眞希元亦皆爲之，由是樂章卷帙，幾與詩爭富。

朱以良醫自任。郭麐曾稱揚其用語之絕技云：

　　　竹垞才既絕人，又能搜剔唐宋人詩中之字，冷雋艷異者，取以入詞，至於鎔鑄自然，令人不覺，直是胸臆間語，尤爲難也。（《靈芬館詞話》卷一）

此二者皆謂以詩語入詞，鎔鑄自然，方臻上乘。

　　田同之於字法方面之見解，如下：

　　　作詞必先選料，大約用古人之事，則取其新僻而去其陳因；用古人之語則取其清雋而去其平實；用古人之字，則取其鮮雅而去其腐俗，不可不知也。

按此爲彭程村語，田氏加以引用，而未著明出處。又云：

詞中雅俗字原可互相勝負，非文理不背即可通用，此僅可
爲解人道也。

　　歸納以上所列，不外云，識詞之要在辨雅俗，融化古語入詞，須
翻前人意，始能驚人。張祖望曰：「詞雖小道，第一要辨雅俗。結構
天成，而中有艷語、雋語、奇語、豪語、苦語、癡語、沒要緊語，如
巧匠運斤，毫無痕跡，方爲妙手。」杜甫云：「讀書破萬卷，下筆如
有神。」自言其鎔鑄群言之妙。然古人之事，古人之語，載諸典籍，
浩如煙海，其適於詞者，別擇之際，去取爲難。無怪乎竹垞以良醫自
任，以爲當「各別而後處方，合散不亂其部要。」然僅提出原則，而
無說明。茲引元人周德清論曲之言以明之，周云：「凡經史語、樂府
語，可入雜劇。如俗語、蠻語、謔語、嗑語、市語、譏誚語、各處鄉
語、書生語、构肆語、張打油語，皆不可入。」曲尚如此，何況於詞！
然則何語始可入詞？宋代詞人多用李長吉、李商隱、溫庭筠詩，蓋長
吉溫李之詩，穠艷精美，恰合融化入詞也。郭云朱氏能以唐宋人詩中
冷雋艷異者入詞，此「冷雋艷異」即選用古詩、古語之標準矣！

二、造　句

　　朱、厲二人於句法、章法方面之見解均付缺如。惟郭麐、田同之
稍涉及此，然又欠分明。茲引錄於下：

　　　詞有拗調，如〈壽樓春〉之類；有拗句，如〈沁園春〉之
　　　第三句、〈金縷曲〉之第四、第七句，〈憶舊游〉之末句，
　　　比比甚多。要須渾然脫口，若不可不用此平仄者，方爲作
　　　手。若鍊句未能極工，無寧取成語之合者以副之，斯不覺
　　　其聱牙耳。

　　　〈柳梢青〉末後四字最宜用意，四字入妙，則全首皆好矣！

　　　（以上《靈芬館詞話》）

　　　詞中對句正是難處，莫認作襯句，至五言對句，七言對句，
　　　使觀者不作對疑尤妙。

　　　詞中語句，無論長短，不宜疊實，合用虛字呼喚，一字如

正但任況之類，兩字如莫是、又還之類，三字如更能消、
最無端之類，卻要用之得其所。（按此乃張炎說）

詞有定名，即有定格，其字數多寡、平仄韻腳較然。中有
參差不同者，一曰襯字，文義偶不聯暢，用一二襯字，密
接其音節，虛實間正文自在。（以上《西圃詞說》）

茲分用意、對句、虛字等條，略加詮釋。

（一）用　意

所謂意，即想法、思路。張炎云：「詞中句法，要平妥精破。一
曲之中，安能句句高妙，只要拍搭襯副得去，於好發揮筆力處，極要
功夫，不可輕易放過，讀之使人擊節可也。」張砥中曰：「一調中通
首皆拗者，遇順句必須精警，通首皆順者，遇拗句必須純熟，此為句
法之要。」故知拗句乃詞中著意處。即全闋詞之內容、情意，可由此
數句表達無遺。郭氏言拗句須「渾然脫口」，使其合調無痕，方為作
手，否則寧可以成語之合者副之，此真得詞中三昧者也。

（二）對　句

詞中對句之法甚多，有三句對，如「湖中月，江邊柳，隴頭雲。」
（蘇軾〈行香子〉）；有三句之中兩句對，如「八行書，千里夢，雁南
飛。」；有兩句對者，如「畫燭尋歡去，羸馬載愁歸。」（周邦彥〈紅
蘿襖〉）等等。沈義父云：「遇雙句作對，便須對。」田氏以為五、七
言對句當以不著痕跡尤妙。

（三）虛　字

長調中有許多字句須講求工整對仗，故常利用虛字以提腔調和，
如辛棄疾賦水仙之〈賀新郎〉，所用之「甚」「但」等字，稱領句單字，
此等均是虛字。但如使用過多或重複，便失之輕浮、呆板。沈義父云：
「腔子多有句上合用虛字，如嗟字、奈字、況字……用之不妨。如一
詞中兩三次用之便不好，謂之空頭好。」田氏援引張炎之說，與沈氏
意同。即實虛字須交互使用，使用之法則「存乎一心」也。

三、審　音

此節所討論者，乃詞之聲律、譜調問題。朱彝尊於〈水村琴趣序〉中，曾慨嘆明詞之不合律，其云：

> 天詞自宋元以後，明三百年無擅場者，排之以硬語，每語調乖，竄之以晗腔，難與譜合，至于崇禎之末，始具其體。

又〈羣雅集序〉云：

> 用長短句製樂府歌辭，由漢迄南北朝皆然，唐初以詩被樂，填詞入調則自開元天寶始，逮五代十國作者漸多，遺有《花間》《尊前》《家宴》等集，宋之初，太宗洞曉音律，製大小曲，及因舊曲造新聲，施之教坊舞隊，曲凡三百九十，又琵琶一器有八十四調，仁宗於禁中度曲，時則有若柳永，徽宗以大晟名樂，時則有若周邦彥、曹組、辛次膺、万俟雅言，皆明于宮調，無相奪倫者也。洎乎南渡家各有詞，雖學如朱仲晦、眞希元，亦能倚聲中律呂，而姜夔審音尤精，終宋之世，樂章大備，四聲二十八調，多至千餘曲，有引、有序、有令、有慢、有近、有犯、有賺、有歌頭、有促拍、有攤破、有摘遍、有大遍、有小遍、有轉踏、有轉調、有增減字、有偷聲，惟因劉昺所編《宴樂新書》失傳，而《八十四調圖譜》不見于世，雖有歌師板師，無從知當日之琴趣蕭篷譜矣。……詩變而爲詞，詞變而爲曲，歷世久遠，聲律之分合，均奏之高下，音節之緩急過度，既不得盡知。……顧世之作譜者，類從〈歸字謠〉，銖累寸積，及于〈鶯啼序〉而止，中有調名則一，而字之長短分殊，安能各得其所？莫如論宮調之可知者敍于前，餘以時代先後爲次序，斯世運之升降可以觀焉。

詳言歷來譜調之演變，並提出整理詞調之具體方法。而「姜夔審音尤精」正道出朱氏所以傾慕白石之原因。由〈詞綜發凡〉可知竹垞於詞調之研究實有心得，如云：

> 宋人編集歌詞，長者曰慢，短者曰令，初無中調長調之目，自顧從敬編《草堂詞》以臆見分之，後遂相沿，殊屬韋率。

《花間》體製，調即是題，如〈女冠子〉則詠女道士，〈河瀆神〉則爲送迎神曲，〈虞美人〉則詠虞姬是也。宋人詞集大約無題，自花庵草堂增入閨情、閨思、四時景等題，深爲可憎，今俱準集本刪去。

四聲二十八調各有其倫，柳屯田《樂章集》有同一曲名，字數長短不齊分入各調者。姜石帚〈湘月〉詞註云，此〈念奴嬌〉之鬲指聲也，則曲同字數同，而〈湘月〉〈念奴嬌〉調實不同，合之爲一，非矣！詞固有一曲各異其名者，是選悉依集本，不敢更易。

元人小曲如〈乾荷葉〉、〈天淨沙〉、〈憑闌人〉、〈平湖樂〉等調，平上去三聲並用，往往編入詞集，然按之宋詞如戚氏：〈西江月〉、〈換巢鸞鳳〉、〈少年心〉、〈惜分釵〉、漁家傲諸闋，已爲曲韻濫觴矣！

又〈書沈氏古今詞譜後〉，於宮調之分合正變辨之甚詳。（見《曝書亭集》卷四十三）

《草堂詩餘》分詞調爲小令、中調、長調三類，自其大體而論，亦頗便於界限，故能相沿不替。但朱氏頗不以爲然，主張「以字數多寡爲先後」加以辨別，不須分成三類。

至於詞調之得名，或以地名，或以人名，或以物名，或以事名，或以意名，或以體名，或以句名，各看命名作者意之所屬而定。後之作者用其調，而不用其意，故於題下加注，此乃權宜之變，實無可厚非，朱氏責爲「可憎」，亦太偏矣！

詞有調同名異者，朱氏所舉〈湘月〉、〈念奴嬌〉二調，其字聲無不相合，今人不曉宮調，而所謂鬲指，蓋指過腔義，非吹竹者所能洞曉，則被塡〈湘月〉，仍是塡〈念奴嬌〉，不必巧狥其名也。朱氏之意蓋亦如此。

樊榭特尙聲律，其贊友人吳城（尺鳧）詞云：

掐譜尋聲，不失刌度，且兢兢於去上二字之分，若宋人鬲指正平諸調，遺論猶未墜者。（〈吳尺鳧玲瓏簾詞序〉）

此意又見於〈論詞絕句〉最後一首：

> 去上雙聲子細論，荊溪萬樹得專門，欲呼南渡諸公起，韻
> 本重雕菉斐軒。

此詩自注云：

> 近時宜興萬紅友《詞律》嚴去上雙聲之辨……。

詞之講究聲律，實自朱、厲啓之。至清末朱彊村起，一時同調詞人益發講求清眞白石之律調，更謹嚴雕琢至無以復加。

詞中必有須去上連用者，如〈三姝媚〉、〈花犯〉之結尾字，此種情形甚爲普遍。蓋上聲徐舒和軟，其腔低；去聲勁而縱，其腔高。兩相配合，方能抑揚有致。必須上去連用者，情形較少。厲氏只言明詞中聲韻「須分去上」之原則，而未作進一步解說。

餘如郭麐、吳錫麒亦有詞調、聲韻之見解，郭云：

> 〈行香子〉一體，疊下三字句最難穩愜。

> 綿邈飄忽音最爲感人深至，李後主之「夢裏不知身是客，
> 一晌貪歡」，所以獨絕也。

吳錫麒〈露蟬詞序〉云：

> 詞者，既限之長短，復拘以聲律，片言未協，則病其啞鐘，
> 隻字未諧，則譏同濭鼓，故必選勝以定質，蕩滓以證音。

浙江派之重視寫作技巧，由用語、造句可知其並非講求華麗辭藻之謂，所謂「下字欲其活」者是。至於聲律之論，雖未能建立系統，然實開風氣之先，於清末影響至深且遠。

不過，博學如朱竹垞、王昶，其所編《詞綜》、《明詞綜》、《國朝詞綜》疎漏亦不少，茲舉列於下，並略加按語，以明其是非。

（一）出於《詞綜》者

1. 按劉子寰字圻父，馬子嚴字莊父，朱氏皆以字爲名。又黃簡作黃蘭，《絕妙好詞》可證也。

2. 李呂〈調笑令〉前有八句、四平四仄，與詞合爲一闋，分上下片。

按，正蓋如曲之有引子，本不入詞，《樂府雅詞》所載鄭彥能、晁無咎諸作，其體皆同，其句中平仄亦無一定。朱氏合之，其誤明矣！

3. 無名氏〈綠意〉:「碧圓自潔……」下注:「見《樂府雅詞》。」

按:此詞作者爲張炎。詞見《山中白雲詞》卷六。又翻檢亨掃精舍藏本《樂府雅詞》，並無此詞。後張惠言《詞選》仍沿其誤。

4. 孟昶〈玉樓春〉「冰肌玉骨清無汗……」

按:此爲後人僞託，非原作。陳奇猷〈蜀主孟昶玉樓春僞託考〉（見《國文月刊》五十期）一文，辨之甚明。

5. 張可久〈風入松・詠九日〉「哀箏一抹十三絃，飛雁隔秋。携壺莫道登臨樂，雙雙燕爲我留連……。」

按:《小山樂府》載此，作「雙雙爲我留連」，無燕字。雙雙即指上飛雁，雁與燕不當雜出，蓋雁指箏上所有。且檢校《詞律》趙彥端七十二字體〈風入松〉，此句當爲七字句。竹垞之誤甚明。

（二）出自《明詞綜》者

1. 按:梁寅、張肯乃故元遺老，王氏列入明初，陸冰修、周青士清康熙中尚在，而列之明末，似有未妥。

（三）出自《國朝詞綜》者

1. 司馬懷玉〈浪淘沙〉第三句「情異去年人」。

按:本當作「人異去年情」、王氏誤倒情、人二字，殊失詞意。

2. 彭羨門〈生查子〉第三句「鴛枕有誰共」

按:《延露詞》作「枕席有誰共」，蘭泉易爲「鴛枕」。

第五節　餘　論

此節重點乃說明浙江派對歷代名家之品評。

朱彝尊〈詞綜發凡〉云:

明初作手若楊孟載、高季迪、劉伯溫，皆溫雅芊麗，咀宮含商。李昌祺、王達善、瞿宗吉之流，亦能接武。至錢唐馬浩瀾以詞名東南，陳言穢語，俗氣薰入骨髓，殆不可醫。周白川、夏公謹諸老，間有硬語；楊用修、王元美則強作解事，均與樂章未諧。

又〈紫雲詞序〉贊丁雁水詞云：

兼宋元人之長，將與詩並傳。

〈孟彥林詞序〉云：

宋以詞名家者，浙東西為多。錢唐之周邦彥、孫惟信、張炎、仇遠，秀州之呂渭老、吳興之張先，此浙西之最著者。三衢之毛滂、天臺之左譽、永嘉之盧祖皋、東陽之黃機、四明之吳文英、陳允平，皆以詞名越東；而越州才尤盛，陸游、高觀國、尹煥倚聲于前，王沂孫輩繼和于後，今後傳樂府補題，大都越人製作也。自元以後，詞人之賦合乎古者蓋寡。

朱氏於唐、五代諸詞家均未置評。宋代詞家則僅限於浙西、浙東省，可知其「地方觀念」之濃厚，但亦止於列述姓名，未加任何評語，至於其所尊崇之姜白石，由前數節知其評騭是：「字琢句鍊，歸於醇雅」「審音尤精」。其云元人之作，合乎古者少，然亦有所長，但未明言長處為何。關於明代詞家，竹垞則貶多於褒，《詞綜》之編止於元，蓋有因也。其論明初諸家楊孟載、高季迪、劉伯溫「溫雅芊麗、咀宮含商」，蓋正合其浙江派家法也。李昌祺、王達善、瞿宗吉亦佳，至馬浩瀾「陳言穢語，俗氣薰入骨髓，殆不可醫」也，周白川、夏公謹「間有硬語」，楊用修、王元美則「強作解事，均與樂章未諧。」朱氏評論標準為：詞雅、律合，凡合此者則佳，不合者則貶之。然未曾言及明末名家陳子龍，殊可怪也。

郭麐、田同之於唐、宋名家則有關於詞風方面之品評。郭麐《靈芬館詞話》云：

詞之為體，大略有四。風流華美，渾然天成，如美人臨粧，

> 卻扇一顧，《花間》諸人是也；晏元獻、歐陽永叔諸人繼之。
> 施朱傅粉，學步習容，如宮女題紅，含情幽艷，秦、周、
> 賀、晁諸人是也。柳七則靡曼近俗矣！姜張諸子，一洗華
> 靡，獨標清綺，如瘦石孤花，清笙幽磬，入其境者，疑有
> 仙靈，聞其聲者，人人自遠。夢窗、竹窗，或揚或沿，皆
> 有新雋，詞之能事備矣！至東坡，以橫絕一代之才，凌屬
> 一世之氣，間作倚聲，意若不屑，雄詞高唱，別爲一宗；
> 辛劉則粗豪太甚矣！其餘幺絃孤韻，時亦可喜，溯其派別，
> 不出四者。

> 宋之詞人向子煙、史邦卿，皆成家者，然史以附韓侂胄，
> 爲士論所賤，向以貴臣戚里，卓然方格，迄檜而歸，其人
> 品相去遠矣。

郭氏分詞爲《花間》、秦周賀晁、姜張、蘇四大流派，當然亦以姜張
爲高，對柳永評語是「靡曼近俗」，辛、劉則「粗豪太甚」，顯然不以
柳、辛詞爲然，其餘評語大抵皆精當。又論及向子煙、史邦卿之處，
無獨到見解，故余略而不談。

田同之《西圃詞說》則爲柳七辯護，其言云：

> 柳七亦自有唐人妙境，今人但從淺俚處求之，遂使金荃蘭
> 畹之音流入掛枝黃鶯之調，此學柳之過也。

柳永爲後世非議者，爲其詞多側艷靡麗之作。其實，艷麗乃詞之
本色，豈可以此薄之，況柳永於詞之形式上，使慢詞得以確立，功不
可沒也。田氏之說，實爲確論。

第三章 浙派重要詞家小傳及其作品

　　本章所謂重要詞家，其標準有三：一、有詞集者；二、雖無詞集傳世，而有相當多之作品收入選本者；三、雖無詞作，但曾編輯詞選，或撰寫詞話，對於詞學有所貢獻者。依此三項標準，共得曹溶、嚴繩孫、朱彝尊、吳兆騫、曹貞吉、李良年、李符、徐釚、高士奇、沈皞日、沈岸登、丁澎、汪森、龔翔麟、田同之、錢芳標、厲鶚、王昶、吳錫麒、郭麐、曹言純、馮登府、項鴻祚等二十三家。每家均爲撰寫小傳，並評介其作品，期爲知人論世之助。其次序則依時代先後排列。

一、曹　溶

　　曹溶字秋岳，號倦圃，一字潔躬，浙江嘉興人。明崇禎十年進士。選庶吉士，改御史。清人入關，仍原職，尋授順天學政。歷掌太僕寺少卿、左通政、左副都御史、戶部侍郎等職。後出任廣東布政使，遭喪歸里，服除，補山西按察副使，備兵大同。康熙初，裁缺歸里，十八年，舉鴻博，以丁憂未赴，又數年卒。秋岳性愛才，聞人有一藝，未曾識面，譽不去口。晚年自號鋤菜翁，又號金陀老圃，築室范蠡湖，文讌無虛日。家富藏書，朱彝尊纂《詞綜》，多錄自其家藏宋人遺集。生平著述甚多，有《崇禎五十宰相傳》、《劉豫事蹟》、《古林金石表》、《靜惕堂詩詞集》，並編有《學海類編》。(《清史列傳》卷二百六十九、

《國朝名家詩鈔小傳》)

秋岳詩體氣自然，意匠深穩，為清初一大家。李天生稱其：

> 五古如羚羊掛角，無跡可尋。而渾金璞玉中奕奕自露神采。

又云：

> 意取其厚，詞取其自然，所以復漢京也，調取其後俊逸，
> 格取其整，所以明選體也。

> （七古）奧衍宏深，不顧時眼，有郊祀鼓吹之遺，世無言
> 漢詩者，吾珍此自賞耳。（俱見《清詩匯》卷二十引）

蓋其佩服若此。觀集中古體諸詩，當之無愧，至五七律之一氣渾成，
五七絕之正變互見，宜其見稱於李秋錦、陳其年、潘稼堂、鄧孝儀諸
公也。

秋岳詞集名《靜惕堂詞》，《清名家詞》本收有二百四十二闋，又
譚獻《篋中詞》錄有《靜惕堂詞》未載之〈薄倖題壁〉一闋，共計二
百四十三闋。

秋岳為浙江詞之先輩，朱竹垞對之最為心折，嘗序其詞集云：

> 余壯日從先生南游嶺表，西北至雲中。酒闌灯炧，往往以
> 小令慢詞更迭唱和。有井水處，輒為銀箏檀板所歌。念倚
> 聲雖小道，當其為之，必崇爾雅，斥淫哇。極其能事，亦
> 足宣昭六藝，鼓吹元音。往者明三百祀，詞學失傳，先生
> 搜輯南宋遺集，余曾表而出之。數十年來，浙西填詞者，
> 家白石而戶玉田，春容大雅，風氣之變，實由於此。

朱之於曹，亦猶姚惜抱之於劉海峯也。秋岳於清初詞，創派開宗，功
不可沒。

其詞雖非極工，而頗得空靈之趣，與玉田相近。如〈鳳凰台上憶
吹簫·題朱竹垞詞集〉云「無限柔腸宛轉，秋雨夜夢想朱脣」「真真。
此番瘦也，酒醒後新詞，只索休頻」數句。及如〈蝶戀花·杏花〉云：

> 深巷賣花將客喚。候逼清明，記取韶光半。玉勒城南芳草
> 岸。少年情味天難管。　　斜倚一枝嬌盼遠。沽酒他家，
> 細雨空零亂。淚濕紛渦紅尚淺，有人樓上和春倦。

章法、句法俱超。清虛騷雅。即景抒情,爽豁心目。尤其〈念奴嬌〉一闋,一氣卷舒,不可方物,信乎其爲山中白雲也。

陳素菴曰:

> 秋岳詞從無一蹈襲之語,正不必擬之以周秦,周秦合讓一頭地。

龔芝麓則云:

> 君詞如晏小山,合情景之勝以取徑於風華者,所云「舞低楊柳樓心月,歌罷桃花扇底風」,庶乎。(俱見《古今詞話》卷下)

讀其〈滿江紅‧錢塘觀潮〉一闋,但覺沈雄悲壯,筆力萬鈞,令人起舞,詞云:

> 浪湧蓬萊,高飛撼、宋家宮闕。誰激盪、靈胥一怒,惹冠衝髮。點點征帆都卸了,海門急鼓聲初發。似萬羣、風馬驟銀鞍,爭超越。　江妃笑,堆成雪。鮫人舞,圓如月。正危樓湍轉,晚來愁絕。城上吳山遮不住,亂濤穿到嚴灘歇。是英雄、未死報讎心,秋時節。

朱竹垞言此闋爲曹集最崛奇者,並追和其韻。〔註1〕陳廷焯《白雨齋詞話》(卷六)評曰:「竹垞和作,已非敵手,何論餘子。」洵非虛語。

二、嚴繩孫

嚴繩孫字蓀友,號藕蕩漁人,自號勾吳嚴四,江蘇無錫人(《畫徵錄》,《曝書亭集》作崑山人,未知孰是。)明刑部尚書一鵬孫。六歲能作徑尺大字,及長,以詩古文辭擅名。康熙十八年以布衣舉博學鴻儒,試日,目疾作,僅賦〈省耕〉詩一首,聖祖素重其名,列二等末。授翰林院檢討,充日講起居注官,後典試江西,尋遷右春坊右中

〔註1〕竹垞和作見《江湖載酒集》下,《曝書亭集》卷二十六,詞云:「羅剎江空,設險有、海門雙闕。日未午、樟亭一望,樹多於髮。乍見雲濤銀屋湧,俄驚地軸轟雷發。算陰陽、呼吸本天然,分吳越。　遺廟古,餘霜雪。殘碑在,無年月。訝揚波重水,後先奇絕。齊向屬鏤鋒下死,英魂毅魄歎消歇。趁高秋、白馬素車來,同弈節。」

允兼翰林院編修。蓀友好讀書，不務彊記。性恬靜。拜官日即揭〈歸
去來辭〉於壁，在史館分撰《明史‧隱逸傳》，所作序文，容與蘊藉，
多自道其志行。歸隱後，築堂曰雨青草堂，布衣窠石、小梅、方竹，
宴坐一室以爲常。工書兼善繪事。著有《秋水集》雜文七卷、詩八卷、
詞二卷。(《清史》卷四百八十三、《清史列傳》卷七十、《國朝耆獻類
徵》卷一百十九、《清朝畫徵錄》)

　　蓀友書法，入晉唐人之室，尤工細楷。其畫山水人物花木蟲魚，
靡不曲肖，尤精畫鳳，閒作小畫，片紙寸縑，爲時爭賞。(《無錫縣志》)

　　其文宗先秦兩漢。朱彝尊〈承德郎日講官起居注右春坊右中允兼
翰林院編修嚴君墓志銘〉(《曝書亭集》卷七十六) 稱其「爲文無定格，
不屑蹈襲前人，適如其意而止。」蓋詳雅有度也。

　　蓀友詩篇沖融澹易，鮮矯激之言，如「映水見初月，隔林聞夜泉」，
「罨畫山開新火外，踏青人散亂流中」，「荒塗送盡閒車馬，不覺青山
換古今」(《國朝詩人徵略》卷十一摘錄) 數句，皆閒雅深秀，頗具唐
人神韻。

　　蓀友詞集名《秋水詞》，吳薗次序云：

> 是風塵外物，無不仰追騷雅，共振藻於范壇，并使旁及歌
> 聲，總攬香於蘭畹。洞庭落葉，淒清葭菼之聲；湘浦層波，
> 澹蕩芙蓉之影，此《秋水》一集所由名耶。

　　《清名家詞》本計收一百闋。其詞以婉約深秀，雅而不豔見稱。
張漁川云：

> 國初詞家小長蘆而外，斷推秋水小詞精妙一時，作者未易
> 幾也。(《國朝詞綜》卷九引)

厲樊謝〈論詞絕句〉曰：

> 閒情何礙寫雲藍，淡處翻濃我未諳。獨有藕漁工小令，不
> 教賀老占江南。

皆對蓀友小令推崇備至。

　　其〈雙調‧望江南〉云：

聽宛轉，〔註2〕愁到渡江多。杏子雨餘梅子雨，柳枝歌罷竹
枝歌。一抹遠山螺。　　曾幾日，輕扇掩纖羅。白髮黃金
雙計拙，綠陰青子一春過，歸去意如何。

琢字造句，獨具匠心。情極沉鬱，而筆勢卻又飛舞，變化無端，確有
賀鑄意趣。

余喜其〈御行·中秋〉一闋，詞云：

算來不似蕭蕭雨，有個安愁處。而今把酒問姮娥，是甚廣
寒心緒。隻輪飛上。天街似水，不管人羈旅。　　霓裳罷
按當時譜。一片青砧路。西風白騎幾人歸，腸斷綠窗兒女。
數聲角罷，樓船月偃，雁落蕭湘去。

色澤穠麗，措詞閒雅。於舖陳描寫中，寓情託思，婉轉愜心。誠如陳
廷焯所言「雖不能接武方回，固出電發（徐釚）之右」也。

蔣友顗推重彭羨門，稱其詞「驚才絕豔」「有南唐之風」。此亦足
以自評其詞風矣。

三、朱彝尊

朱彝尊字錫鬯，號竹垞，又號漚舫、金風亭長，晚稱小長蘆釣魚
師。浙江秀水人。明大學士國祚曾孫。康熙十八年詔舉博學鴻儒科，
以布衣試入選，除翰林院檢討，與所擢五十人同纂修明史，尋入直南
書房，出典江南省試。後坐私挾小胥入內寫書被劾，降一級，後復原
官，二十一年告歸。聖祖南巡，御書「研經博物」額賞之。竹垞生有
異稟，讀書過目成誦，年十七，棄舉子業，肆力於古學，凡書無不披
覽。以飢驅走四方，南踰嶺北，出雲朔，東泛滄海，登之罘，經甌越。
所至叢祠荒塚破爐殘碣之文，莫不搜剔考證，與史傳參校同異。歸里
約李良年、周篔、繆沐輩爲詩課，文名益噪。當時王士禎工詩，汪琬
工文，毛奇齡工考據，獨彝尊兼有眾長。詩、古文、詞之外，更研精
經學，考訂金石，善八分書。家居十九年，藏書八萬卷，著述不倦。

〔註 2〕《國朝詞綜》作「歌宛轉」。似以「聽」字爲佳。

－47－

所著《經義考》三百卷、《日下舊聞》四十二卷二書，乾隆間詔儒臣增輯，高宗賜詩題卷端。又著有《曝書亭集》八十卷、《明詩綜》百卷，《詞綜》三十四卷。《五代史補註》、《瀛洲道古錄》、《禾錄》，則其所草創未成者。(《清史》卷四百八十九、《清代學者象傳》卷一、《國朝名家詩小傳》、《國朝書人輯略》卷二)。

《松心日錄》云：

國初古文諸家，余尤嗜魏冰叔、朱竹垞兩先生之文，冰叔之文多議論，竹垞之文多考證，冰叔之彰肆多於醇，竹垞之文醇多於肆，而其為言有序、言有物則一也。讀《曝書亭集》，偶節錄數則於此，是皆余意中所欲言者，先生已先我言之矣。

王士禎〈竹垞文類序〉則贊竹垞古文曰：

錫鬯之文，紆餘澄澹，蛻出風露，而于辯證尤精。

嚴繩孫〈朱竹垞先生事略〉亦云：

所為文雅潔淵懿，根柢盤深，其題跋諸作實跨劉敞、黃伯思、樓鑰之上。

蓋其文翦截浮囂，峭潔名貴，卓然成家。《曝書亭集》(卷十二) 自言為文經歷云：

僕少時為文好規倣古人字句，既而大悔，以為文章之作，期盡我欲言而已，我言之不工，必取古人之字句，始可無憾，則字句工拙，古人任之，我何預焉。

觀此亦可明其志矣！

竹垞詩不名一格，少時規撫王維、孟郊，未盡所長，中年以後，學問愈博，風骨愈壯，長篇險韻，出奇無窮。(見《四庫提要》)趙執信《談龍錄》論清代之詩，以朱彝尊、王士禎為大家，謂王之才高而學足以副之，朱之博學而才足以運之。皆篤論也。

竹垞於《曝書亭集》中屢論詩云：

作詩者必先纏綿悱惻于中，然後寄之吟咏，以宣其心志。
言之工可以示同好、垂來世，即有未工，亦足為怡悦性情

之助。

蓋其爲詩必心中有所感，然後始爲之。且確認「凡學詩文須根本經史，方能深入古文奧奧，未有空疏淺陋，剿襲陳言，而可以稱作者。」（見陳廷敬〈日講官起居注翰林院檢討朱公彝尊墓誌銘〉引言）故鄭方坤評其詩曰：

> 先生體大思精，牢籠萬有，而澄汰鍛鍊，不肯人云亦云。（《國朝名家詩小傳》）

竹垞又論選家通病云：

> 選家通病往往嚴於古人，而寬於近世，詳於東南，而略於西北，輒當紳書韋佩，力矯其弊。惟是自淮以北私集之流傳江左者久而日希，賴中立之《海岳靈秀集》、李伯承之《明雋》、趙微生之《梁園風雅》專錄北音，然計之北祗十三，南有十七，終莫得而均也。

又以爲：

> 詩之絕唱正不在多，惟賞音者舉其一二，而全集之堪傳，作者可無恤矣。

竹垞感慨明詩自萬曆後，作者散而無統，故以賞音者自居，編《明詩綜》。於公安竟陵之前，銓次稍詳，若天啓、崇禎年間死事諸臣，復社文章之事，亦力爲表揚之。其自序云：

> 或因詩而存其人，或因人而存其詩，閒綴以詩話述其本事，期不失作者之旨。

故於里貫之下各載諸家評論，而以所作《靜志居詩話》分附於後。

　　此書雖於隆萬後所收未免稍繁，然世遠者篇章易佚，時近者部帙多存，當亦隨所見聞，不盡出於標榜，其所品評亦頗持平。（見《四庫提要》）余意以爲此作鑽穴前聞，參以己說，實卓然有成，足傳於後世者。

　　竹垞之詞，收於《曝書亭集》中，內分《江湖載酒集》三卷、《靜志居琴趣》一卷、《茶烟閣體物集》二卷、《蕃錦集》一卷，共計七卷，乃晚年手定本，嘉興李富孫爲之作注。龔翔麟《浙西六家詞》所收之

《江湖載酒集》，則與《曝書亭集》本略有出入。又竹垞與陳其年合作之《朱陳村刻詞》，今未見傳本，故內容不詳。至於葉德輝有《曝書亭刪餘詞》一卷、《原稿目》一卷、《校勘記》一卷，相傳為竹垞根據姬人徐氏之手抄本加以刪定，全書朱墨爛然，葉氏詳細抄錄並作校勘記，其書亦未見。

《江湖載酒集》據《四部備要》本共二百一十闋。所收為竹垞壯年遊四方，結交天下友人，或登山臨水有感，或酒醒懷遠，或古祠題壁，或歌童書扇之作，皆灑落有致。楊謙編《朱竹垞先生年譜》，於康熙十一年壬子四十四歲下注云：「《江湖載酒集》成。」然今本所錄並不限於壬子以前之作，如〈滿江紅·錢塘觀潮追和曹侍郎韻〉即是康熙三十五年作品。

《靜志居琴趣》共八十五闋，專收豔情之作，生香真色，能盡掃陳言，獨出機杼，成一家風致，為朱詞最得力作品。據冒廣生曰：

世傳竹垞〈風懷二百韻〉為其妻妹作，其實《靜志居琴趣》一卷，皆「風懷」注腳也。竹垞年十七，娶於馮。馮孀人名福貞，字海媛，少竹垞一歲。馮夫人之妹名壽常，字靜志，少竹垞七歲。曩聞外祖周季貺先生言：十五六年前，曾見太倉某家藏一簪，簪刻「壽常」二字，因悟〈洞仙歌〉詞云：「金簪二寸短，留結殷勤，鑄就偏名有誰認？」蓋真有本事也。（《小三吾亭詞話》卷三）

《琴趣》一卷，據楊氏《年譜》考証：康熙六年定稿。

《茶烟閣體物集》共一百一十四闋，專收詠物作品，皆清新可誦，組織亦工。蓋詠物節序之詞，是南宋人最得意處。朱氏宗南宋，故亦致力於此也。

《蕃錦集》共一百零九闋。乃效東坡居士集古人成句為詞。不惟剪裁工巧，別具匠心，亦可窺竹垞博聞強識之功力。據楊氏《年譜》，康熙十七年朱氏應博學鴻詞科試入都時，曾有詞集刊行，即《蕃錦集》是也。

　　竹垞詞導源於南宋，以姜張爲宗。而以史邦卿、吳夢窗、蔣竹山、王聖與、周草窗、盧申之爲輔。其豔詞直追李、牛、晏、歐，然亦僅於《靜志居琴趣》中多見之，所謂別開生面者也。其〈解珮令・自題江湖載酒集〉有云：「倚新聲玉田差近。」則竹垞詞固有時以張爲法，而以灑落效張之空靈也。

　　竹垞詞之神似白石者，如〈百字令・偶憶〉下片云：

　　　　同是淪落天涯，青青柳色，爭忍先攀折。紅浪香過圍夜玉，
　　　　墜我懷中明月。暮雨滿空，秋河不動，蚪箭丁丁咽，十年
　　　　一夢，鬢絲今已如雪。

氣體超妙，灑脫空靈，句琢字鍊，歸於醇雅，確有南宋之特徵。而「丁丁」、「青青」疊字之運用，卻有激發意趣，達成詠嘆之效果。

　　又如〈百字令・度居庸關〉云：

　　　　崇墉積翠，望關門一線，似懸檐溜。瘦馬登登愁徑滑，何
　　　　況新霜時候。畫鼓無聲，朱旗卷盡，惟剩蕭蕭柳。薄寒漸
　　　　甚，征袍明日添又。　　誰放十萬黃巾，丸泥不開，直入
　　　　車箱口。十二園陵雨暗，響徧哀鴻離獸。舊事驚心，長塗
　　　　望眼，寂寞閒亭堠。當年鎖鑰，董龍眞是雞狗。

悲涼沈鬱，清越冷雋。而頓挫之妙，理法之精。逼似白石〈揚州慢〉。

　　其《茶烟閣體物集》，組織工整，多得力於史達祖、王沂孫。其〈臺城路・詠蟬〉意深味厚，與沂孫〈齊天樂・詠蟬〉相比，未遑多讓。詞云：

　　　　芩根化就初無力，溫風便聞淒調。藕葉侵塘，槐花糝徑。
　　　　吟得井梧秋到。一枝潛抱。任吹過鄰牆，餘音猶嫋。驀地
　　　　驚飛，金梭爲避栗留小。　　長堤翠陰十里，冠緌都不見，
　　　　只喚遮了。斷柳亭邊，空山雨後，愁裏幾番斜照。昏黃暫
　　　　悄。讓弔月啼蛄。號寒迷鳥。飲露方殘。曉涼嘶悀早。

詠物隸事，渾然無痕。竹垞勝場也。「長堤翠陰十里」，可想見其風度。

　　而其著名之〈春風裊娜・詠游絲〉一闋，極似史邦卿。詞云：

　　　　倩東君著力，繫住韶華。穿小徑，漾晴沙。正陰雨籠日，

> 難尋野馬，輕颺染草，細綰秋蛇。燕蹴還低，鶯銜忽溜，
> 惹卻黃鬚無數花。縱許悠揚度朱戶，終愁人影隔窗紗。
>
> 　　惆悵謝娘池閣，湘簾乍卷，凝斜盼、近拂簷牙。疏離
> 冒，短牆遮。微風別院，好景誰家。紅袖招時，偏隨羅扇，
> 玉鞭墮處，又逐香車。休憎輕薄，笑多情似我，春心不定，
> 飛夢天涯。

前半泛寫，後半專敍。體物而不滯於物，且妥貼清圓，足與梅溪媲美。
「紅袖招時，偏隨羅扇，……春心不定，飛夢天涯。」盡態極妍，且
已入無我之境。

　　有似牛松卿者，如〈菩薩蠻〉云：

> 低鬟十八雲初約。春衫翦就輕容薄。彈作墨痕飛。折枝花
> 滿衣。　　羅裙百子褶。翠似新荷葉。小立歛風纕。移時
> 吹又開。

音律諧婉，詞意妥貼。如幽花媚春，自成馨逸。

　　有驂靳晏歐者，如〈生查子〉云：

> 刺繡在深閨，總是愁滋味。方便借人看，不把簾垂地。　　弱
> 線手頻挑，碧綠青紅異。若遣繡鴛鴦，但繡鴛鴦睡。

生色真香，得未曾有，李分虎所謂「雖多艷語，然皆歸雅正，不若屯
田樂章，徒以香澤為工者也。」

　　〈金縷曲‧初夏〉云：

> 誰在紗窗語。是梁間、雙燕多愁，惜春歸去。早有田田青
> 荷葉，占斷板橋西路。聽半部、新添蛙鼓。小白蔫紅都不
> 見，但愔愔、門卷吹香絮。綠陰重、已如許。　　花源豈
> 是重來誤。尚依然，倚杏雕闌，笑桃朱戶。隔院秋千看盡
> 拆，過了幾番疏雨。知永日、簸錢何處。午夢初回人定倦，
> 料無心、肯到閒庭宇。空搔首，獨廷佇。

字字鍛鍊，歌誦妥溜。風格在張炎、史達祖之間。前半寫景，後半寫
情。其過疊「花源豈是重來誤」使上下氣脈貫串，誠善於構篇者。

　　竹垞詞多神似玉田，並加以恢宏。如〈鳳凰台上憶吹簫‧和梁尚
書傷逝作〉云：

寶境塵昏，綵雲天遠，燕飛不到釵頭。悵花封錦諳，書拆
銀鉤。多少吟箋筆陣，鉛華謝、一夕都收。傷心是、啼蛄
弔月，長簞驚秋。　　今休。他生未卜，問碧落茫茫，何
處堪留。剩無情哀雁，偏度妝樓。只有安仁能誄，看遺挂、
那忍回眸。持籌慣、凝思五曹，難算新愁。

即景抒情，蒼涼淒楚，備寫身世盛衰之感。能以翻筆、側筆取勝，自
是雅音。「只有安仁能誄，看遺挂、那忍回眸」，感人肺腑。

竹垞小令，清越之音，雋永之味，爲清人小詞中所稀有。如〈霜
天曉角・晚次東阿〉云：

鞭影匆匆。又銅城驛東。過雨碧羅天淨，纔八月，響初鴻，
微風何寺鐘。夕暉嵐翠重。十里魚山處，留一抹、棗林紅。

論神韻、形態、聲調，俱臻佳妙，堪稱詞壇聖手。「微風何寺鐘。
夕暉嵐翠重」，令人百讀不厭。又如登臨之作，〈賣花聲・雨花臺〉
云：

衰柳自門灣。潮打城還。小長干接大長干。歌板酒旗零落
盡，剩有魚竿。　　秋草六朝寒。花雨空壇。更無人處一
憑闌。燕子斜陽來又去。如此江山。

皆氣韻並茂，又出之以淒婉，無怪其俯視一世也。

《蕃錦集》運用成句，如天衣無縫，最稱渾洽。如〈天仙子・惜
春〉云：

何許相逢綠楊路（劉禹錫）。萬疊春波起南浦（張泌）。碧
雲芳草兩依依（韋莊）。君莫訴（無名氏）。相思苦（王勃）。
況是青春日將暮（李賀）。　　昨夜東風還入戶（郎士元）。
燕子不歸花著雨（韓偓）。今朝誰是拗花人（李賀）。春已
去（王建）。留不住（李蓴）。此地獨來禁繞樹（張籍）。

堪稱鬼斧神工。餘如〈浣溪沙〉、〈采桑子〉、〈玉樓春〉集句諸篇，皆
脫口而出，運用自如，無湊泊之痕，有生動之趣，出古人之右矣！

歷來諸家之評竹垞詞者甚夥，其有襃而無抑者：如沈融谷、杜紫
綸皆謂其詞淵源於姜、史，本朝作者莫有過者。吳子律謂其「得力於

樂笑翁」，乃本竹垞自題詞集之說。而稱之為「圓轉瀏亮」「淵雅深穩」「字句密緻」。丁紹儀《秋聲館詞話》并舉梅溪〈燕歸梁〉詞，〔註3〕以證竹垞仿梅溪意而變其詞為〈桂殿秋〉一闋，〔註4〕且比原作更勝一籌；紹儀更謂「集中言情諸作，羌無故實，可知即風懷詩，亦未必真有所指。」斯言頗有見地。凌廷堪〈梅邊吹笛譜目錄跋後〉曾比較諸家詞，而推重竹垞，以為「惟朱竹垞氏專以玉田為楷模，品在眾人之上。」按凌氏推崇浙派甚至，故於竹垞以為高出諸家。以上各家評論，并皆精當。

其於朱詞有褒有貶者為陳廷焯。陳氏《白雨齋詞話》云：

> 竹垞詞，疏中有密，獨出冠時，微妙沉厚之意。其自題詞集云，「不師秦七，不師黃九，倚新聲玉田差近」，夫秦七、黃九，豈可並稱。師玉田不師秦七，所以不能深厚。不知秦七，亦何能知玉田。彼所知者，玉田之表耳。師玉田而不師其沉鬱，是買櫝還珠也。

又云：

> 吾於竹垞獨取其豔體。蓋論詞於兩宋之後，不容過刻，節取可也。

廷焯「師玉田而不師其沉鬱」之說，深入而切當。其謂「不知秦七，亦何能知玉田」，知言也。蓋人只知玉田空靈雅正，而不知其沉鬱處有時且過白石，直接清真，雖秦七欲將歛手。

《白雨齋詞話》更舉竹垞〈長亭怨慢〉，〔註5〕謂其直逼玉田，

〔註3〕 史梅谿〈燕歸梁〉云：「獨臥秋窗桂未香。怕雨點飄涼。玉人只在楚雲旁。也著淚過昏黃。　西風今夜梧桐冷，斷無夢到鴛鴦。秋征二十五聲長。請各自耐思量。」

〔註4〕 朱竹垞〈桂殿秋〉云，「思往事、渡江干，青蛾低映越山看。共眠一舸聽秋雨，小簟輕衾各自寒。」乃脫胎梅谿〈燕歸梁〉詞。

〔註5〕 〈長亭怨慢・鴈〉云：「結多少、悲秋儔侶。特地年年，北風吹度。紫塞門孤，金河月冷、恨誰訴。迴汀枉渚。也只戀江南住。隨意落平沙。巧排作，參差箏柱。　別浦，慣驚移莫定，應怯敗荷疏雨。一繩雲抄，看字字、懸鍼垂露。漸敧斜，無力低飄，正目送，碧羅天暮。寫不了相思，又蘸涼波飛去。」

舉〈摸魚子〉，〔註6〕謂其情詞俱臻絕頂，自非仙才不能，又特許其豔體。並皆甘苦有得之言。

指出竹垞之弊者，則有譚獻與吳梅。

譚獻《篋中詞選》云「朱傷於碎」，誠然。蓋由其情深而才多故也。

吳梅《詞學通論》云：

> 余嘗謂竹垞自比玉田，故詞多瀏亮。惟秦七與黃九，不可相提並論。秦之工處，北宋殆無與抗，非黃九所能望其肩背，竹垞不學秦而學玉田，蓋獨標南宋之幟耳。然而竹垞詞託體之不能高，即坐此病。知音者當以余言爲然也。

吳氏謂竹垞「託體不高」，儻或然歟！但不若陳廷焯「師玉田而不師其沉鬱」之說較爲鞭辟近裏。

余意以爲，竹垞詞雖祖述白石，依附玉田，但其詞常以華貴之詞語，表達蘊藉廣深之思想，不若白石文字有時太過纖弱硬瘦，亦不似玉田之屢顯寒酸。子律《蓮子居詞話》有云：

> 竹垞自云，倚新聲玉田差近。其實玉田詞疎，竹垞謹嚴；玉田詞淡，竹垞精緻，殊不相類。竊謂小長蘆撮有南宋人之勝。而其圓轉瀏亮，應得力於樂笑翁耳。

誠爲確論。李符嘗謂：「南宋詞人，夢窗之密，玉田之疏，必兼之乃工。」吳梅謂：「符之斯言最碻，然其自作諸詞，不能踐此言也。」實則，兼「夢窗之密，玉田之疏」者，惟竹垞爲能耳。

竹垞詞之弊在於過份喜好典雅，而失卻眞切意境，爲貪用事而陷入晦澀，如《茶煙閣體物集》，不免流於餖飣，趙執信《談龍錄》曾評竹垞詩云：「朱之學博而才足以運之。……及論其失，曰朱貪多……」

〔註6〕〈摸魚子〉云：「粉牆青蚓檐百尺，一條天色催暮。洛妃偶值無人見，相送襪塵微步。教且住。携玉手潛行莫惹冰苔仆。芳心暗訴。認相霧鬟邊，好風衣上，分付斷魂語。　雙棲燕，歲歲花時飛渡。阿誰花底催去。十月鏡裏樊川雪，空裊茶烟千縷。離夢苦。運省鎖香金籃歸何處。小泄枯樹。算只有當時，一九冷月，猶照夜深路。」

亦是可轉移以評其詞也。

　　竹垞編《詞綜》三十卷，錄唐昭宗，李白以下，迄金元人，兼采
閏秀、方外，乃至神女、亂仙之作，各家姓氏之下繫以小傳，間著短
評，體例略近花菴《絕妙詞選》。（見本文第二章第五節），以清輕婉
麗為主旨，此書一出，遂樹立浙江派之標的，書本二十六卷，後汪森
補入四卷，計覽觀宋元詞集一百七十家，傳記小說地志三百餘家，歷
八歲而成（見〈詞綜序〉)，可見作者之用心。此書選輯之標準，蓋與
以前諸本以「傳人」為目的者，大異其趣，即汪氏所謂「一洗《草堂》
之陋，而倚聲家知所宗矣！」此亦浙江派建立之所由來也。

　　蔣兆蘭《詞說》云：

清人選宋詞，博而且精者，無過朱竹垞一書。……皆詞家
必備之書。

丁紹儀亦贊曰：

自竹垞太史《詞綜》出，而各選皆廢，各家選詞亦未有善
於《詞綜》者。（《聽秋聲館詞話》卷十三）

王國維則以為竹垞《詞綜》，大似沈德潛《三朝詩別裁集》，「其失也
枯槁而庸陋。」（《人間詞話》卷下）

　　諸家之言均非確論。蓋《詞綜》欲立義標宗，乃拈出一「雅」字，
上祖姜氏，以造成詞學之系統，又值清康熙盛世，取姜張之醇雅，以
為文人才士陶寫性靈之資，殆適應運會，有功詞壇之鉅編也。然因囿
於宗派，凡所選錄古昔名人之作，往往非其至者，且彼時宋元善本書
多匿而未出，僅見毛氏汲古閣所刻，與世俗流傳刊鈔各本，每有錯脫，
付梓時又多帝虎之訛，均未校改（本文第二章第四節已舉例說明），
此均其欠周全之處世。誠如陳廷焯《白雨齋詞話》（卷十一）所言：「作
詞難，選詞尤難，以我之才思，發我之性情，猶易也；以我之性情，
通古人之性情，則非易也。竹垞《詞綜》備而不精……」「備而不精」
適足說明此書之優點及缺點。

　　其後海寧許昂霄著《詞綜偶評》，就《詞綜》所選作品，逐一予

以評論，並指示其妙旨，對引導後生及推廣朱氏詞學，有莫大裨益。其次王昶深心服竹垞，晚年且編《明詞綜》十二卷，《國朝詞綜》四十八卷，以繼朱氏。

四、吳兆騫

　　吳兆騫字漢槎，江蘇吳江人，明刑部尚書立齋七世孫。少有雋才，童時作〈膽賦〉五千餘言，人皆異之。順治十四年舉於鄉，以科場蜚語獲罪，遣戍寧古塔，居塞上二十三年。嘗作〈長白山賦〉數千言，詞極瑰麗，聖祖見之，動容咨嗟。後其友顧貞觀商於納蘭性德、徐乾學為納鍰，於康熙二十年赦還。踰三年卒，年五十四。漢槎性傲岸，嘗顧同輩曰：「焉有名士而不簡貴者。」又言：「江東無我，卿當獨秀」。其不顧世眼驚詫可知也。著有《秋笳集》三卷、《西曹雜詩》一卷、《前集》一卷、《雜體詩》一卷、《後集》一卷、《雜著》一卷。（《清史列傳》卷七十、《國朝耆獻類徵》卷四百二十七）

　　徐釚撰〈吳兆騫墓誌銘〉稱：

　　（吳）詩風骨遒上，出塞後尤工，故當時以才人目之。

如〈湘水曲〉云：

　　　佳期渺何許，日暮湘山岑。翠華千載沒，江流空至今。蘭
　　芳楚皋綠，雲起洞庭陰。欲識相思苦，瑤琴有哀音。

天分特高，風調遒鍊，當與顧梁汾齊名。

　　漢槎《秋笳集》有風雨樓校印本，今未見，詞亦無單行本，僅能由《國朝詞綜》所錄窺其風格。其詞悲涼抑塞，真有崩石裂雲之音。如〈念奴嬌・家信至有感〉一闋云：

　　　牧羝沙磧。待風鬟喚作，雨工行雨。不是垂虹亭子上。休
　　盼綠楊烟縷。白葦燒殘。黃榆吹落。也算相思樹。空題裂
　　帛，迢迢南北無據。　　消受水驛山程燈昏被冷。夢裡偏
　　叨絮。兒女心腸英雄淚。抵死偏縈離緒。錦字閨中。瓊枝
　　海角。辛苦隨窮戍。柴車冰雪。七香金犢何處。

與明楊慎「易求海上瓊枝樹，難得閨中錦字書。」同一悽怨感人。誠

如吳兆宜（兆騫弟）〈秋笳集小引〉所云：「塞客之吟，悲涼賈涕」也。按《秋笳》一集，均爲兆騫遠謫邊塞，「構茲危苦，抒彼勞歌。」（兆宜語）之作也。

五、曹貞吉

　　曹貞吉字升六，號實庵，山東安邱人。順治庚子解元，康熙三年進士，官至禮部郎中。生而嗜書，爲人介特自許。尤篤於師友，嘗從施閏章遊，閏章歿，經紀其後，不遺餘力，所作拜愚山野殯三章，低廻欲絕。著有《朝天》、《鴻爪》、《黃山紀遊》等集，其後人彙刊之曰《珂雪集》，然王士禎《感舊集》所選諸詩皆不見集中，蓋全稿多散失也。（《清史列傳》卷七十、《國朝耆獻類徵初編》卷一百四十一）

　　升六詩風調遒鍊，情深意摯，不喜矜言體格。其《黃山紀遊》諸作，宋犖極推許之；《四庫提要》亦贊其〈文姬歸漢圖〉等長歌（按，即和王士禎之作），極有筆力。惟王士禎選《十子詩略》貞吉與焉。升六詩作，如「月明潮滿圍孤嶼，野潤天低見大星。」「尊前忽覺來三島，此外猶聞更九州。」數語清雅可喜，讀之狀溢目前。

　　升六詞集名《珂雪詞》，計二卷，石蓮庵本收二百四十九闋。其詞大抵風華掩映，寄託遙深，古調之中，緯以新意，有俊爽之致。

　　其論詞云：

　　　夫離而能合，乃爲大家，若優孟衣冠，天壤間只生古人足矣！何用有我。（石蓮庵本《珂雪詞話》）

故其詞宗南宋而不薄北宋。寧爲創，不爲述，寧失之粗豪，不甘爲描寫。

　　升六以詠物懷古諸篇，爲海內所推。朱竹垞評其詠物詞云：

　　　乃在中仙、叔夏、公謹諸子，兼出入天游、仁近之間，北宋自方回、美成外，慢詞有此幽細綿麗否？（《國朝詞綜》卷三引）

今觀其〈掃花遊・春雪，用宋人韻〉云：

　　　元宵過也，看春蕪無薠，澹煙平楚。涇雲萬縷，又輕陰作暈，

蜂兒亂舞。一夜梅花，暗落西窗似雨。飄颻去，試問逐風，歸到何處？　燈事纔幾許，記流水鈿車，畫橋爭路。蘭房列俎，歡薺萆易擲，鬢絲堆素。擁斷關山，知有誰人獨苦。慢凭佇，聽寒城、數聲譙鼓。

情思綿密幽雅，辭采瑰麗。沉鬱頓挫之氣，擬諸白石暗香疏影之作，何多讓焉。

又如〈暗香·綠萼梅〉云：

墙陰淡白。算雪晴未久，換成春色。一剪靡蕪，移上枝頭弄輕碧。照水空明數朵，認、樹老雨痕交蝕。大好是洛浦相逢，尋翠羽消息。　橋側。聞夜笛。笑寂寂玉鱗，月中難覓。九嶷舊客。又向蟠螭露仙蹟。轉眼青青似豆，還記取前身蕭瑟。搖落處，苔影薄，依稀見得。

是爲綠萼傳神，與泛詠梅花者廻異，而後半闋鉤魂攝魄，望之如蜃氣結成樓閣，五色陸離，入微窮變。姜白石恐不能擅美于前矣！

至其懷古四闋，詠史五闋，蓋舉生平所誦習子史百家、古文奇書，含咀醞釀而出之者。王阮亭推許諸作可開拓萬古，而欲躋升六於宋玉、陳思之間。（見〈珂雪詞評〉）今觀其〈風流子·錢塘懷古〉云：

英雄開草昧，山衣錦，萬弩射潮低。彼吳越一王，高車駟馬，威靈五季，玉冊金泥，驚回首，西陵煙月淡，葛嶺斷霞飛。三竺六橋，老髯曾醉，斜風細雨，和靖頻題。　六飛南巡後，西湖比西子，綠拆紅歛。惟憶金明池水。禾黍離離。想德壽重華，兩宮避幸，綺羅絃管，繚繞蘇隄。千載江山如故，還使人悲。

懷古情深，激昂感慨，意興淋漓，胸懷浩蕩，自見豪邁凌雲之氣。

餘如〈京口懷古〉，跳盪恢奇，激揚頓挫。〈金陵懷古〉，換頭「南唐成往事，攝山看斷碣，夢裡三生。」妙入三味。〈姑蘇懷古〉感慨淋漓。四闋中忽爾犀弩霜鋌，亦間有鬘雲香雨；慷慨悲涼，羽聲四起，眞奇作也。而〈百字令·詠史五闋之一〉，起句「海門一點，駕素車白馬，怒潮來去。」英靈颯然，只百字寫來，可當一編《越絕》。〈之

二〉詠田光、漸離，沉著頓挫，神氣俱肖幼安。〈之三〉贊李將軍，有草枯鷹眼，雪盡馬蹄之概。〈之四〉詠孔明，森沉閃爍，亦詞中臥龍也。〈之五〉論三國，雅健雄深，不亞稼軒。凡此皆足見升六之才具閎博，學殖淵邃。

升六在清初諸老中，最為大雅，才力雖不及朱竹垞、陳迦陵，而取徑則甚正大。王阮亭曾云：

> 實庵不為閨襜靡曼之音，而氣韻自勝，其淡處絕似宋人。(《詞苑萃編》卷八)

細詠其詞，但覺嫵媚之致，更有不減於諸家者，蓋神氣獨勝也。王煒曰：

> 珂雪詞骯髒磊落，雄渾蒼茫，是其本色，而語多奇氣，惝恍傲睨，有不可一世之意。至其珠圓玉潤，迷離哀怨，於纏綿款至中，自具瀟洒出塵之致，絢爛極而平淡生，不事雕鎪，俱成妙詣。(〈珂雪詞序〉)

陳其年題辭〈賀新涼〉前段云：

> 滿斝涼州醞。愛佳詞，一編《珂雪》，雄深蒼穩。萬馬齊喑蒲牢吼，百斛蛟螭困蠢。算蝶拍黃鶯休混。多少詞場談文藻，向豪蘇，膩柳尋藍本。吾大笑，此蛙黽。

升六詞無體不工，無一語無寄託，其融篇、琢句、鍊字，洵乎此宗之大家。清初不乏詞家，四庫獨收《珂雪》，良有以也。朱孝臧題其詞集云：

> 留客住，絕調鷦鴣篇。脫盡流薌澤習，相高秋氣對南山，騀度衍波前。(《彊邨語業》卷三)

其魄力固在王士禎之上。

六、李良年、李符

李良年字武曾，[註7] 初名法遠，號秋錦，人呼李十九。浙江秀

〔註7〕王昶《國朝詞綜》、陳廷焯《白雨齋詞話》皆云：「良年字符曾。」誤也，符曾乃另有其人。

—60—

水人，諸生。生有雋才，詩詞與朱彝尊齊名，時又稱朱李。生平遊蹤遍天下。與龔鼎孳、孫承澤爲忘年友。康熙中，以國子生召試博學鴻詞，不遇。初冒名姓虞氏名兆潢，故當時薦牘無良年名。徐乾學開一統志局於洞庭西山，聘任分修。著有《秋錦山房集》二十二卷，《秋錦山房外集》三卷、《詞壇紀事》三卷、《詞家辨證》一卷。（《清史列傳》卷七十一、《曝書亭集》卷八十、《國朝耆獻類徵》卷四百二十七）

李符字分虎，號耕客，布衣，少與兄繩遠、良年齊名，號「三李」。曾受知於曹溶，又與朱彝尊等結詩社唱和，故學有根柢。生平好遊，南朔萬里，詞峽繁富。著有《香草居集》七卷、《耒邊詞》。（《清史列傳》卷七十一、朱彝尊〈耒邊詞序〉、《秋錦山房外集》，《靜志居詩話》）

李良年與李符爲兄弟，俱爲浙派初期大家，故並論之。

良年古文長於議論，間爲俳儷體。持論和婉，善言作者之心思。〔註8〕爲長洲汪琬所推許。

於詩初學唐人，持格律甚嚴，嘗鈔撮詩中禁字一卷授學者；繼乃舍初盛唐而趨中晚唐及宋元諸集。（朱彝尊〈徵士李君行狀〉）《四庫提要》稱其詩「清峭灑落」。如「不敢更嗟鄉國遠，有人還在萬峰西。」（〈題宋人詩後七古〉）確能別出機杼，極唱歎之致。

良年嘗欲羅當代之文甄綜爲一集曰《文緯》，先詩、次騷、次賦、次奏疏、次制策策問、次經旨、次論、次議、次碑表志銘、次記、次頌贊、次書、次敍、次考、次辨、次解、次說、次祭文哀辭誄、次傳、次書事、次題跋、次雜著，爲類二十有一，爲體三十，蓋取《唐文粹》例也。

良年詞集名《秋錦山房詞》，《清名家詞》本所錄計六十八闋。與《國朝詞綜》錄本集所無之〈踏莎行・金陵〉，〈蝶戀花・渡口〉，〈買陂塘・寄題愈丹嶼荻雪邨莊三〉，共七十一闋。其詞不喜北宋，愛姜堯章、吳君特諸家。每謂塡詞當盡掃蹊徑，又謂：

〔註8〕朱氏〈徵士李君行狀〉有云：永年申檢討涵盼常語人曰：「聞朱十論詩文使人心懾，未若李十九之可親也。」

南宋詞人，夢窗之密，玉田之疏，必兼之乃工。（〈曹貞吉秋
錦山房詞序〉引）

此言乃學南宋者之金針也。吳梅《詞學通論》曰：

秋錦斯言最確，然秋錦自作諸詞，不能踐此言也。

洵為確論。

良年好引用類書，於詞境最無助益。然亦頗有佳句，如〈好事近·
秦淮燈船〉云：「五十五船舊事，聽白頭人語。」〈高陽臺·過拂水山
莊感事〉云：「一笛東風，斜陽淡壓荒烟」。又如〈踏莎行·金陵〉云，
「游人休弔六朝春，百年中有傷心處。」能於淡處著筆，意味雋永。
又其詞工於著景，如〈解佩環·同青藜緯雲彥吉小飲旗亭觀劇〉云：
「一帶寒沙，賣酒旗輕，掛在晚煙疏樹。」〈綺羅香·桃源曉行同分
虎賦〉云：「背嶺人家，雲碎著簷如絮。」〈喜遷鶯·寄題鮑聲來草庭〉
云：「未識君時，曾經此渡，門外幾楓殘照。」可謂白描而得其形似
者。「背嶺人家，雲碎著簷如絮」頗有新意。又善於詠物，集中詠物
之作二十闋之多，如〈催雪·詠珍珠蘭〉云：

碎雨跳荷，連星綴柳，楚畹別箋蘭譜。想三斛曾量，芳名
借汝。開也只如含蕊，趁月影、微黃黏清露。紋紗靜、掩
一珠蜂背，卻教偷去。　　闌暑。眠正午。又生結半匳，
小鬟催裊。甚坐遠偏聞，細尋無處。記得漳江乍買，有嶺
外、人家迷香路。見十十、五五釵梁，風顫晚街游女。

細膩熨貼，意到語工，起句尤妙。雖朱彝尊《茶煙閣體物》亦無以過
也。

餘如〈惜秋華·詠牽牛花〉、〈三姝媚·詠十姊妹花〉、〈摸魚子·
詠蕁〉等亦皆佳作。余意以〈柳梢青·懷友在白下〉一闋為全集之冠，
詞云：

春事閒探，日斜風細，葉葉輕帆。燕子來時，梅花落盡，
人在江南。　　晚來何處停驂。攜手地、王孫舊諳。白下
殘鐘，青溪遠笛，今夜難堪。

清腴疏朗，庶幾能與南宋諸公分席者。而結尾三句，情景交融，尤見

渾成。

　　《詞壇紀事》三卷，歷記唐宋金元明諸朝詞壇軼事。《詞家辨證》
一卷，則於若干詞調及詞之作者，旁徵博引，詳加辨證，如疑〈菩薩
蠻〉、〈憶秦娥〉意調絕類溫飛卿輩，蓋晚唐人詞，嫁名太白耳，乃詳
列《杜陽雜編》、《北夢瑣言》之語以證之。所言均頗有見地。

　　李符《耒邊詞》，《清名家詞》本計收一百四十闋。其詞先學北宋，
而以南宋爲歸，故無浮漫之病。

　　分虎心折朱竹垞，曾云：

> 竹垞能詩能文，至於詞亦無所不能，予每嘆其才爲不可及。
> 集中雖多艷曲，然一歸雅正，不似屯田、樂章以香澤爲工
> 者。（《詞苑萃編》卷八引）

朱竹垞則稱其：

> 精研於南宋諸名家，而分虎之詞，愈變而極工，方之武曾，
> 無異塤箎之迭和也。（〈耒邊詞序〉）

大抵《耒邊詞》能盡掃臼科，獨露本色。如〈疏影‧詠影〉云，

> 雙橈且住。趁風旌五兩、掛席吹去。側浸紋波，一片橫斜，
> 不礙招來鷗鷺。忽遮紅日江樓暗，只認是、涼雲飛度。待
> 翠蛾、簾底憑看，已過幾重烟浦。　　搖漾東西不定，乍
> 眠碧草上，旋入高樹。荻渚楓灣，宛轉隨入，消盡斜陽今
> 古。有時淡月依稀見，總添得、客愁淒楚。夢醒來，雨急
> 潮渾，倚榜又無尋處。

吳子律賞其「忽遮紅日江樓暗，只認是、涼雲飛渡。待翠蛾、簾底憑
看，已過幾重烟浦」數句，謂爲入神之筆。謝章鋌則以爲不若「荻渚
楓灣，宛轉隨人，消盡斜陽今古」寄慨爲深遠。其實綜觀全首，語雋
氣清，惝怳迷離，意有所指，絕以六朝賦手。

　　謝章鋌於分虎尤加推崇，《賭棋山莊詞話》有云：「浙西風雅，允
冠一時，就中而分虎尤勝。」（謝氏所謂浙西，乃指浙西六家而言。）
觀其〈祝英臺近〉十闋〈燒香詞〉不亞于朱彝尊《江湖載酒集》十二
闋〈洞仙歌〉，如云：

換衣裳，匀粉黛，兩槳畫船載。眾裏關心，芳草渡頭待。
珠宮片刻同行，殼儂魂斷，況對佛、並肩齊拜。　　石欄
外。掩卻方麵廻身，不分見伊再。替折花枝，流盼未曾怪。
只愁津鼓催，綵絲須結，網住這、西施長在。

虛中取神，神韻佳妙，令人消魂。蓋作者識見高超，故能出語不俗。

　　分虎有效朱希眞〈漁父詞〉塡〈釣船笛〉（按即〈好事近〉）十一
闋，言近旨遠，別有感喟，如云：「生長在吳根，不與吳儂相識，只
有粉絲飛到，聽沙頭吹笛。」又云：「不去築魚梁，也不魚叉攜個。
風裏一絲輕颺，便無魚也可。」又云：「曾去釣江湖，腥浪黏天無際。
淺岸平沙好，算無如鄉里。」於朱希眞五篇外，別樹一幟，非徒賦〈漁
家傲〉者也。分虎亦善於詠物，如〈珍珠令·詠珥〉、〈解連環·詠釧〉、
〈瑤花·詠玉繡毯〉等作，工整細膩，蓋善文者，竹頭木屑無棄材也。

　　二李詞絕相類，大抵皆規模南宋，羽翼竹垞者。陳廷焯云：

武曾較雅正，而才氣分虎爲爲勝。（《白雨齋詞話》卷三）

朱孝臧題云：

長水畔，二隱比龜溪。〔註9〕不分詩名叨一饌，〔註10〕居然
詞派有連枝，人道好壎篪。（《彊邨語業》卷三）

兄弟並以詞名，亦一時所罕也。

七、徐　釚

　　徐釚字電發，號拙存，一號菊莊，又號虹亭，晚號楓江漁父，江
蘇吳江人。康熙十八年舉博學鴻儒，試列二等，由監生授檢討，纂修
《明史》。後與朝貴忤被黜歸，遂不復出。好古博學，少受業於計東，
穎悟絕倫，年十二和無題詩，有「殘月無情入小樓」之句，長者咸驚
異之。弱冠姿容玉立，倜儻有大志。嘗兩至京師，名譽蔚起，一時名
公鉅卿皆折節與交，龔鼎孳尤奇賞之，館之於家，時相唱和。龔臨沒，

〔註9〕良年、分虎二人，以仕宦不達，隱居鄉里。
〔註10〕良年殿試賦詩遭擯，出都時自吟斷句云：「兒童莫笑詩名賤，已博君
　　　王一飯來。」見曹貞吉〈秋錦山房詞序〉。

謂眞定梁清標曰：「負才如徐君，可使之不成名耶？」電發好遠遊，東入浙、閩，歷江右，三至兩粵，一至中州。家有松風書屋，於後圃築豐草亭，與名流耆宿，時相觴詠。卒於家，年七十有三。著有《南州草堂集》三十卷、《詞苑叢談》十二卷、《續本事詩》十二卷。（《清史列傳》卷七十一，《清代學者象傳》卷一）

　　電發詩早歲體尙華秀，壯遊而後，與四方豪儁相切劘，格調一變。其自述云：「新詩學放翁，誰人畫團扇，無俟記室品題。」（《國朝名家詩鈔小傳》卷二引）固可知其得力之所自矣。如其〈夾江〉詩云：

夾束江逾急，沙圍殘堞存。林深虎多跡，山冷翠當門。野樹重遮塢，泉流曲抱村。孤舟一線入，嵐氣變朝昏。

描寫江岸風景，神貌具見，堪稱描摹佳作。

　　電發晚年續唐人孟棨〈本事詩〉，皆取緣情綺麗之作，遠近購求，比于洛陽紙貴（《國朝詩別裁》）。朱竹垞寄以詩云：「不應尙戀開釵釧，棗木流傳〈本事詩〉。」蓋微諷之也。又精繪事，寶鋆《國朝書畫家筆錄》稱其：「山水隨意點染，另具孤高之致；畫蟹有筆有墨，神趣如生。」李良年題其〈墨松〉詩云：「虹亭筆墨無不好，以詩掩畫誰能知，偶寫玉山釵落句，流傳今有畫中詩。」因所作不多，故世罕知之者。

　　電發詞集名《菊莊詞》，《清名家詞》本計收一百十闋。《南州草堂詞話》〔註11〕云：

余舊有《菊莊詞》，爲吳孝廉漢槎在寗古塔寄至朝鮮，〔註12〕有東國會寗都護府記官仇元吉題余詞云：「中朝寄得《菊莊詞》，讀罷煙霞照海湄，北宋風流何處是，一聲鐵笛起相思。」故王阮亭有「新傳春雪詠，蠻徼繡弓衣」之句。

是誠電發才名，薄海內外無有不知者矣！

〔註11〕《南州草堂詞話》本附《草堂集》中，曹溶將其獨立，收於《學海類編》第三卷。
〔註12〕據《國朝詞綜》及〈南州草堂集序〉所云：仇元吉及前觀察判官徐良崎見《菊莊詞》、《彈指》、《側帽》三種，用金一餅購去，仍各題一絕句。

　　《菊莊詞》規模北宋，其高處在穠艷中時見本色。如〈減字木蘭花·客途〉云：

　　　　垂鞭欲暮。踏遍天涯芳草路。割面西風。昨夜濃香是夢中。
　　　　遠山幾點。牽惹離愁魂欲斷。哀柳鴉啼。一片殘陽在客衣。

自然樸實，結句「一片殘陽在客衣」直是神到語，令人傾倒。李容齋評其詞曰：「詞藻則遠取諸古，而情思則近得乎眞，故無掅撫粉飾之跡。」（《古今詞話》卷下引）洵非虛語。

　　其詞有神似坡公者，如〈夜行船·黃河岸野泊月下借泊商船舵樓〉「百頃黃蘆，千條濁浪，人在柁頭吹笛。」數句是也。又頗有南唐遺風者，如〈菩薩蠻·題藍濤畫花鳥〉，詞云：

　　　　鵝溪一幅胭脂染。粉堆露洗芙蓉面。贖面學桃花。秋江憐
　　　　煞他。　　枝頭閒小鳥。啼斷煙波曉。細草閒疏紅。還多
　　　　楊柳風。

超逸絕倫，虛靈在骨。起句「鵝溪一幅胭脂染」，一字一珠，毫端神妙，不可思議。

　　又如〈踏莎行·賦愁〉云：「脈脈紅樓，萋萋綠野。一江春水茫茫瀉。」神情縣邈，不言愁而愁自至，深得「詞貴離合，不粘本題」之妙。〈春衫淚·客懷〉云：「明月樓前，碧桃花下，記當日、烟鬟霧薄。癡如中酒，也都想、日斜妝閣。」寓情於景，曲折深婉。可謂得詞理三昧。

　　徐野君稱電發詞「翰墨流香」「後來者居上」。毛奇齡《西河詞話》更引梨園人語，贊菊莊詞雅。丁澎曰：「便娟芊麗，已軼《花間》《草堂》而上，稱貴輕婉而戒浮膩者。」王昭仲贊曰：「艷而不流於靡曼，澹而不入於枯寂。」傅燮詷以爲其詞「用意幽細，造語雅當。」故讀之「覺情懷頓爽，齒頰爲芬。」（以上均見〈菊莊詞序〉）

　　然謝章鋌、陳廷焯對電發之作頗有微詞，《賭棋山莊詞話》云：

　　　　輾轉應拍，縣麗宜人，求其回味餘香，輒覺不如。

並舉集中〈卜算子·春恨〉一闋以明之；《白雨齋詞話》則曰：

其規模北宋，卻有似處，惟氣格不高，只堪作晏歐流亞，
至周秦深處，尚未夢見。

並舉〈鳳棲梧·春草〉上段結語「綠遍天涯無半縫。憐伊歲歲和愁種。」
評其「語絕淒麗」「去歐公〈少年游〉一篇，何以可以道里計。」按《菊
莊詞》艷體較工，以弘博絕麗之材，落魄不羈，偶爲小詞，故多驚艷
語。其自題絕句云：

蕭條庾信不勝哀，雙淚從教鐵板催，縱使紅鹽裁一曲，也
應腸斷賀方回。

覽者亦可以悲其志矣！

《詞苑叢談》一書，世稱精博，自序云：

因取向日所編，爲之條分縷析，別爲詮次，傍及詞之源流
正變焉。

又云：

是書之輯，始於癸丑，迄於戊午，凡六年，所抄撮羣書不
下數百餘種。歲在己未，余橐筆禁林，從退食之暇，與同
年友秀水竹垞朱君、宜興其年陳君，互相參訂。

是書共十二卷，專輯詞家故實，或詞以人傳，或人因事顯，分門別類，
其目有七，詳體製，審音韻，復加辨證，品藻與諧謔兼羅，紀事與外
編並載。體製篇探討詞體源流，自〈菩薩蠻〉以前，追而溯之，大抵
薈萃前人之說，以考其離合正變，至氣體互殊，代有升降，亦略爲申
論；音韻篇，兼採諸家之說，以備參考；品藻篇搜討名人緒論，而以
己見參之，所謂「蛾眉不同貌，而俱動于魄，芳草寧共氣，而皆悅于
魂。」（江淹詩）；紀事篇則搜探逸事、可傳之佳話，詳加記載；辨證
篇於詞意有寄託者，細加詳考，將前人岐異之說，歸于畫一；諧謔篇
採打油蒜酪諸體，聊備一格，並使覽者警省；外編則取仙鬼怪神，以
及奇緣異耦，載在野史傳奇者，徧爲捃摭，以資談柄。

尤西堂序此書曰：

蓋撮前人之要，而搜新別異，更有聞所未聞者，洵倚聲之
董狐矣。

《四庫提要》亦謂其：

> 採摭繁富，援據詳明，足爲論詞者總滙。

是書自唐宋迄清上下千餘年間，無不蒐討，采摭堪稱宏富，當爲倚聲家所必讀之書；然綜觀全編，搜探多而論斷少，體製一卷，泛而不當；音韻一卷，粗而不精；辨證一卷，辨而未詳；又其引書不注出處，幾有掠美之嫌，當時朱竹垞已深病之，朱嘗語電發：

> 捃摭書目，必須旁注於下方，不似世儒剿取前人之說，以爲己出者。

電發亦深韙其言曰：

> 惜已脫稾，無從一一追溯，間取偶及記憶者，分注十之二三。(見《詞苑叢談》徐釚自序)

據此則知書中未經注明者不少；〔註13〕且時見誤謬，如「杏花疏影裡，吹笛到天明。」爲陳去非詞，徐誤爲子瞻之作。吳子律曾正其脫誤錯謬數則，見《蓮子居詞話》(卷二)；又書中次序錯綜，如外編所載神仙鬼怪之事，大半已散見於紀事門中。馮金伯曾將全書重加排纂，成《詞苑萃編》二十四卷，於體製下增旨趣一部，以溯其源，並窮其奧，於品藻外增指摘一部，以見欣賞之情，又見別裁之意，至音韻則移於紀事後，將外編省略，而於各部難以附麗及可附麗而偶有失載者，改爲餘編二卷。觀馮氏之書，引書必注，隸事有序，釐然秩然，比電發原書刪者十之一，增者已十之三四，誠爲徐氏功臣也。

丁煒〈詞苑叢談序〉云：

> 方今樂府選本，盛推朱竹垞《詞綜》爲最，試持此書，以與竹垞揚搉，當必撫絃賞音，共相擊節，而有六代觀止之歎矣。

余以爲，褒之太過。陳廷焯所言「雖有可觀，顧於此中消息，未能洞悉本原，直揭三昧。」實爲允論。誠如電發自述寫書動機，不過舒洩抑鬱摧挫之氣，「不惜傅粉搔頭，低唱曉風殘月，以供世人殘唾」，非

〔註13〕張德瀛曾將徐之未及補注者，詳加注明出處，計四十五條，見《詞徵》卷一。然亦未近盡。

專心詞學者也。

八、高士奇

　　高士奇字澹人，號江村，賜號竹窗，又號瓶盧，浙江錢塘人（《清一統志》作平湖人，蓋後家平湖也。）家貧，自少好學能文，年十九，以諸生就京闈試，不遇，賣文自給。新歲爲人書春帖子，自作聯句，用寫其幽憂牢落之懷，偶爲聖祖所見，大加擊節，立召見，旬日之間，三試皆第一。於是簡入內廷供奉，旋授內閣中書舍人，擢翰林院侍講，洊陞詹事府少詹事，以母老乞歸，即在家陞禮部侍郎。後卒於家，諡文恪。江村工詩文，精鑒賞。所著有《經進文稿》、《天祿識餘》、《讀書筆記》、《扈從日錄》、《江村銷夏錄》、《春秋地名考》、《左傳國語輯注》、《松亭行紀》、《北野抱瓮錄》、《青吟堂集》、《續編珠》、《三體唐書補注》、《蓬山密記》等書。（《清代學者象傳》、《國朝名家詩鈔小傳》卷一）

　　江村詩，諸體俱備，而以應制之作爲多。其詩豐而不靡，約而不促，和平爾雅，不以鉤章棘句之習（鄭方坤《清吟堂詩鈔》評語）。

　　江村詞集名《清吟堂詞》，分《蔬香詞》、《竹窗詞》二稿。《蔬香詞》爲康熙二十一年以前倚聲，均爲懽愉之詞。自序云：

> 昔浪游都市，與藕漁、竹垞、梁汾偶爲長短句。迨入直禁中，凤興夜寢，此興漸闌。壬戌春，扈從奉天烏喇，途次尚成六闋，此後遂不復作，所存《蔬香詞》，散失十之三四，不意梁汾刻於江南。

此集前後銓次錯亂，《清名家詞》本收有五十七闋，多詠物及和友人之作。汪枚曾云：

> 邗上夏之禹郵寄《蔬香詞》，得捧讀之，如惟恐瓊樓玉宇高處不勝寒，無異坡公之愛君也。（《古今詞話》卷下）

余尤愛其〈蘇幕遮・春閨〉一闋，詞云：

> 陌柳黃，〔註14〕池波皺。年去年來，只有春依舊。不減羅衫寒尚透。雨雨風風，做出清明候。

〔註14〕《國朝詞綜》作「陌柳長」，此據《清名家詞》本作「黃」。

> 長靡蕪，開苴茞。一掬閒情，暗惹人消瘦。忽憶花陰初見
> 後。半晌無言，錯把鴛鴦繡。

思深辭麗，婉妙含蓄。起句便點出寂寞，以生出下面幾多情思，是倒寫法，情詞並茂。又如〈雙調・望江南〉換頭云「銷減了，少小舊風流。午摘珠蘭才被浴，晚開茉莉更梳頭。同坐看牽牛。」情景如畫，堪稱雋語。

《竹窗詞》起康熙三十六年，終康熙五十年，多閒情記趣之作。其自序云：

> 頃歸江南邨，田居多暇，詠物寫情，詩所不能盡者，時一
> 託之詩餘，經年成帙。自憐年齒將邁，不能澄懷觀道，乃
> 作綺語，得無為士君子所譏議；然每怪縉紳先生，身退林
> 泉，戀慕名祿，或探討聲伎，致失其生平所守，又不若以
> 此遣其歲月，故刻《竹窗》近詞。

觀此，亦可知其志矣！此集所錄較少，《清名家詞》本僅收三十七闋，韻味、風貌均與前稿稍有不同，蓋田居生活與身在魏闕，志念殊異所由然也。茲舉其〈眉嫵・病中春盡〉一闋，詞云：

> 漸楊花如絮，杏葉成陰，春去倩誰羈縶。病裏愁春去，傷心
> 問，今朝天氣涼暖。小樓曲院。聽曉鶯、牆外低囀。更聞道、
> 百草千花盡，幸紅藥開晚。　　空憶南汀北堰。奈病魔無賴，
> 朝朝增歎。難忘煙霞興，湖山上、風月須我批判。畫裙團扇。
> 記斷魂、舊遊陳案。又愁似悠悠，江水綠境頻換。

開頭「漸楊花如絮，杏葉成陰，春去倩誰羈縶」便極有力，接則寫景。換頭以「空憶南汀北堰」振起，一直寫景，而以「又愁似悠悠，江水綠境頻換」結束全篇，餘意綿綿，令人有不勝今昔之感。

九、沈皡日

沈皡日字融谷，浙江平湖人，貢生，官湖南辰州府同知，著有《楚遊》、《燕遊》等集，又有《柘西精舍詞》一卷。(《清史列傳》卷七十一)

　　皞日爲浙西六家之一，生平事蹟不甚詳，惟知與常熟孫蔗庵（暘）私交甚篤。〔註15〕一生最心服竹垞，曾云：「（竹垞）詞句琢字鍊，歸於醇雅，雖起白石，梅溪諸家，無以過之也。」（《詞苑萃編》卷二引）《柘西精舍詞》，據《清名家詞》本共八十三闋，多詠物題贈之作。

　　龔蘅圃序皞日詞集云：

> 　　吾友沈子融谷，工於詞久矣！…況之古人，殆類王中仙、張叔夏。……仇山村亦云：……今融谷情之所至，發爲聲音，莫不纏綿諧婉，誦之可以忘倦，雖其博綜樂府，兼括眾長，固不盡出於二家，然體格各有所近，不位置融谷於二家之間，不可也。

蓋其作風較近於王沂孫和張炎。如〈百字令·泊銅陵感懷〉云：

> 　　晚江如鏡，正木蘭飄泊、山城如斗。十五年前遊子路，那管羅裙消瘦。未識離情，初辭奩閣，愛醉斜陽酒。而今一夢，千條愁見楊柳。　　鐵舟消息依然，町花畦草，冷落苔非舊。七里隄沙雙屐健，似此閒心誰又。幾點漁燈，星稀月黑，蘆荻濤聲走。荒雞清柝，淚痕寒迸襟袖。

多故國之感？運意高遠，吐韻妍和，味厚境深，力量頗重，可入中仙、叔夏之室。

　　又如〈醉落拓·用玉田韻〉云：

> 　　月沉樓角。疏星幾點天西落。酒闌人靜羅衣薄。惱煞吟蟲，夢裏晚風惡。　　漏長夜短愁難著。秦箏不上蠻絃弱。雪兒新句渾閒卻。雙鬢絲絲，莫對鏡前覺。

婉約含蓄，奇清逸秀，蓋能「融情景於一家，會句意於兩得。」尤其結句「覺」字下得最有神味。

　　謝章鋌《賭棋山莊詞話》（卷十一）以爲融谷詞多淺淡，不耐人思。綜觀《柘西精舍詞》，除上舉二闋及〈喜孝山來金陵·百字令〉

〔註15〕馮金伯《詞苑萃編》卷八引朱竹垞云：蔗庵詞心情澹雅，寄託遙深，能盡洗《草堂》陋習，與柘西交最深，近復同住雙柏樹下坐臥研論，宜其詞之工也。

較佳外，餘皆平淡乏味。謝氏之言是也。

十、沈岸登

　　沈岸登字覃九，一字南漘，自稱惰耕村叟。浙江平湖人。性耽泉石，不求聞達，裋褐蔬食，屢空晏如，兼工詩畫，著有《春秋紀異》，《黑蝶齋詩鈔》四卷、詞一卷。（《清史列傳》卷七十一）

　　覃九爲皞日從子。《嘉興府志》稱其「生平著述，半在遊屐，詩歌書畫皆雋妙。」《平湖縣志》亦云：「書宗二王，詩法三唐，有三絕之目。」

　　其詞集名《黑蝶齋詞》，《清名家詞》本計收七十六闋。半爲詠物、紀遊之作。

　　覃九詞勝於其叔，爲浙江派之健將。朱竹垞有云：

> 詞莫善於姜夔，宗之者：張輯、盧祖皋、史達祖、吳文英、蔣捷、王沂孫、張炎、周密、陳允平、張翥、楊基，皆具夔之一體，基之後，得其門者寡矣。……然則《黑蝶齋詞》一卷，可謂學姜氏而得其神明者矣。（〈黑蝶齋詞序〉）

蓋其詞神似姜堯章，如〈點絳唇〉云：

> 花下重門，石闌題徧遊人句。暮雲春雨。只少江南樹。　　小小紅樓，舊是吹笙處。愁凝佇。杜鵑無語。誰勸春歸去。

又如〈采桑子〉云：

> 桃花馬首桃花放，小雨初收。草綠山郵。春色年年獨自愁。　　東風一帶河橋柳，柳外朱樓。不上簾鉤。定有愁人樓上頭。

〈浣溪沙〉云：

> 自在珠簾不上鉤。篆煙微潤逼香篝。薄羅衫子疊春愁。　　乳燕寒深渾不語，落花風定也難收。謝娘且莫倚西樓。

皆比興溫厚，襟懷灑落，不減白石。〈點絳唇〉清越冷雋，無熱烈語，無沉濁語。〈采桑子〉意到語工，不期於高遠而自高遠。〈浣溪沙〉精深華妙，伊鬱中饒蘊藉。

其〈珍珠簾‧詠簾〉一詞，則又漸開常州一派，詞云，

綠筠翦取烟江畔。依然是、帝子啼痕紅染。細節理千絲，
愛玉鉤長綰。象箆犀釘初上了，勝一片、湘雲纖軟。深院。
更白珠連綴，翠羽橫卷。　　最恨陌上鈿車，被春風搖曳，
暗藏人面。惆悵碧紋廻，有冷波吹練。鎮日珊瑚慵不起，
便串斷、蜻蜓誰管。銀蒜。休誤了歸來，畫梁無燕。

詠物託意，隸事意貫，渾化無痕。觀其全體，固自高絕，即於一字
一句間求之，亦無不工雅。餘如〈江城子〉、〈菩薩蠻‧詠梅〉集調
〔註16〕亦皆立意新，下字奇特。

十一、丁　澎

　　丁澎字飛濤，號藥園，仁和人，順治十二年進士，官禮部郎中，
嘗典河南鄉試，少有雋材，短視，嗜飲。未達時即名播江左，與仲
弟景鴻、季弟濚皆以詩名，時稱三丁，吳梅村贈詩有「兄弟文章入
選樓」之句。後坐事，謫居塞上五載，卜築東岡，躬自飯牛。詩益
溫厚，無遷謫態。其所養亦可知矣。著有《扶荔堂集》、《信美堂詩
選》。(《清史》卷四百八十三〈文苑傳〉、《清史列傳》卷七十、《國
朝先正事略》卷三十七)

　　藥園天性愉爽，不耐披剔，其詩蓋以自然勝，如「猿聲苦霧城邊
急，虎跡荒原戰後多」，「眼中吾老非衰鳳，足下人稱是臥龍」皆名句。
又有〈白燕樓〉詩流傳吳下，士女爭採摭書於衣袖間，婺州吳之器有
句云：「恨無十五雙鬟女，教唱君家〈白燕樓〉。」(見《詞徵》卷六)
其爲詩傾倒若此，且甚有流傳海外者。〔註17〕

〔註16〕〈江城子‧送顧左公至白門〉云：「隋堤繫纜水平沙。板橋斜。那人
家。記得門前一樹有枇杷。喚起當壚同對酒，紅燭護，綠窗紗。　津
帆容易隔峯霞。秣陵花。白門鴉。錦瑟淒涼一度感年華。三十六鱗
渾不見，惟有夢，到天涯。」

〔註17〕〈菩薩蠻‧集調詠梅〉云：「春風嫋娜春光好。望梅南浦尋芳草。疏
影一痕沙。行香滿路花。　笛家曲玉管。側犯清商怨。飛雪滿群山。
簡儂愁倚闌。」《國朝耆獻類徵初編》卷一百四十引林璐撰外傳云：

　　菊園詞集名《扶荔詞》，共三卷，今全集不得見。可見者唯《國朝詞綜》收錄〈攤破浣溪沙〉、〈醉花陰‧春暮和清照韻〉、〈醉花陰‧寒食〉、〈虞美人‧春恨〉、〈蝶戀花〉、〈行香子‧離情〉、〈柳初新‧本意〉七闋。徐釚《南州草堂詞話》收錄〈金女搖僊佩〉、〈過秦樓〉、〈夢陽州〉三闋，另馮金伯《詞苑萃編》輯錄〈繞佛天香〉一闋（馮註云：此即〈繞佛閣〉也。惟清真夢窗有此調，此詞亦微有不同處。）及〈瑣寒窗‧詠東風〉、〈聲聲慢‧秋夜〉。〈瓜茉莉‧閨怨〉、〈品令‧幽懷〉、〈鳳喞杯‧舊恨〉、〈臨江仙‧春睡〉諸闋片段。

　　沈雄曰：
　　　　藥園祠部於拂意時不作侘傺俍語，偏工嘆旎愁腸，故《扶荔詞》曲盡纖豔之思。（《古今詞話詞評》卷下）

陳廷焯《白雨齋詞話》亦以為菊園工為豔詞，只是做得面子好，不足為詞壇重。但就今可見作品觀之，其雖工於言情，然不乏神韻娟逸之作，如：〈行香子〉猶有酒悲餘緒，〈柳初新〉歇拍頗繞遠韻，而〈瑣寒窗〉「入柳非烟，弄花無影，斷腸何處」句，讀之更覺淒楚縈懷，情味無盡。宗定九曾云：「以視《花間》《草堂》諸詞，不啻奴盧橘而婢黃柑，輿蒲萄而隸荅遝。」（見《國朝詞綜》卷二）實為確論。茲錄其〈醉花陰‧春暮和清照韻〉於後：
　　　　簾影沈沈移午晝，迷迷消金獸，彈淚上花梢，一霎風吟，
　　　　片片臙脂透。　　困人天氣黃梅後，粉汗沾羅袖，鸞鏡掩
　　　　重開，試揾紅綿，卻是何時瘦。

洵才人之筆。清麗絕倫，似直而紆，似達而鬱，寫相思而能如此，便入化境。

　　除上舉諸闋外，餘則缺乏新意，無甚可觀。要之尚見作者儒雅之襟懷而已。

上方冊立西宮，念無嫻典禮者，調入東省兼主客，主客即古典屬國也，貢使至必譯問主客為誰，廉知公能詩，以豹皮美玉賂吏人，吏人竊藥園詩贋之歸國，長安搢紳以為榮。

十二、汪　森

汪森字晉賢，號碧巢，浙江桐鄉人，原安徽休寧籍。官廣西桂林府通判，調太平，遷知河南鄭州事，會丁母憂，未赴官，服闋，補刑部山西司員外郎，擢戶部江西司郎中，年六十一告歸。乃營碧巢書屋以當吟窩，築華及堂以宴賓客，建裒抒樓以藏典籍，海內名士舟車接於遠道，詩名籍甚。森少而警穎，尤嗜學，復與朱彝尊、潘耒等人相切劘，藝業益進。黃宗羲甚賞之。與兄文桂、弟文柏相唱和，人稱汪氏三子。晚歲家居以著述自娛，輯《蟲天志》、《名家詞話》等書，與朱竹垞同輯《詞綜》。另附己作詞集三卷，合為《小方壺存藁》，另著有《粵西詩載》二十四卷附詞一卷、《文載》七十五卷、《叢語》三十卷。（《清史列傳》卷七十一、《碑傳集》卷五十九）

汪森《粵西文載》一書於形勢扼塞，控制得失，興廢利弊，紀錄頗詳，論者謂明周復俊《全蜀藝文志》之亞。所為詩五言古得力於陶潛，七言古有高適、岑參風格，近律則浸淫於大歷諸家。（見儲大文〈戶部郎中貤封監察御史汪君森墓誌銘〉）

其詞集名《桐扣詞》。〔註18〕據中央圖書館所藏鈔本一百六十四闋。詞以綺藻為主，以鬆秀為歸。

〈憶秦娥〉詞云：

城隅嫩柳浮烟色。谿橋一帶花遮宅。花遮宅，峭寒風雨最難禁得。　　半篙新漲沙痕碧。籬根細糁蒼苔迹。蒼苔迹。春泥藜杖到來吳客。

輕盈窈窕，盡態極妍，頗有宋元遺響。

又如〈瑣窗寒·輕嫣女郎嘗于九日載菊花相賞，余與同堂諸子賦美人送菊詩，今別去五年矣，輒對黃花悵然有感〉云：

〔註18〕賀光中《論清詞》一書謂汪森詞集名《碧巢詞》，沈雄則云「汪森《月河詞》……整潔自好，亦自成家。」（見《古今詞話》卷下）不知與《桐扣詞》同本異名，亦或另有他本。

> 南國閒情。東籬雅事。鈿車難遇。空餘蛺蝶。惟有冷香庭
> 戶。憶題詩，黃昏那廻。定情目豔心先許。想西窗夢後。
> 燭銷香暗，又誰爲主。　　秋莫。花無數。歎蟋蟀愁吟。
> 倦懷如訴。綠鬢髟髟。小徑漸成塵土。縱魚邊，芳訊未來。
> 錦箋漫滅曾念否。算蓬山，遠隔千重。恁識此情苦。

閎麗綿密。章法分明，鉤勒得當，似以才氣勝也。

〈浣溪沙〉云：

> 油壁輕車斷陌塵。綠陽門巷晚悟悟。一春歸去暗花陰。
>
> 　　風定不來新燕子。香疎空沁舊蘭心。曲屏近低最沈吟。

盡洗《花間》靡曼，獨標清麗，有綿渺之思，有韶情之色，堪稱此中
作手。蓋交游甚廣，深得切劘之益。

十三、龔翔麟

　　龔翔麟字天石，號蘅圃，浙江仁和人。康熙二十年副貢生，授兵
部主事。累官至陝西道監察御史，歷掌浙江、山西、陝西、京畿、河
南諸道事。爲政有直聲。致仕歸，貧至不能舉火，蕭然不改恆度，以
詩詞自娛。翔麟生而穎悟，弱冠即工爲詩古文辭，曹秋岳、朱竹垞俱
器重之，與爲忘年交。其性明敏，長於吏事。在御史能言人所不能言
者。初居武林田家灣，自號田居，其後得橫河沈氏之居，謂之玉玲瓏
山舘。著有《田居詩稿》十卷、《續》三卷、《紅藕莊詞》三卷，又嘗
刻同時朱彝尊、李良年、李符、沈皞日、沈岸登及自著之詞爲《浙西
六家詞》。（《清史》卷六十九、《清史列傳》卷七十一、《碑傳集》卷
五十五）

　　蘅圃詞集名《紅藕莊詞》，《清名家詞》本計收一百八十五闋。大
半削藁羈旅，而鄉國之思居多。

　　李分虎云：

> （竹垞）客通潞時，蘅圃與之朝夕，悉取諸篇而精研之，
> 故爲倚聲最早，無纖毫俗尚，得以入其筆端。（〈紅藕莊詞序〉）

今觀其〈南浦‧用玉田詞韻同融谷賦春水〉，云：

人柳乍三眠，聽流澌、廢苑春光才曉。臘雪未全消，寒沙
外、半舊苔痕誰掃。東風幾日，鴨頭新漲冰錢少。是處翠
波通短櫂，冷浸六朝芳草。　　朱欄幾曲斜臨，影弓弓十
里，香蹤不了。漂出落花多，紅橋口、曾有浣衣到。遙峯
縹緲，霽蟾飛下遊人悄。道是新烟未禁，燈火秦淮還少。

情景夾敍，意味雋永。似南宋人本色詩，結句「道是新烟未禁，燈火
秦淮還少。」猶有餘不盡之意。

其詞大抵以石帚爲宗，而旁及于梅溪、碧山、玉田、蘋洲、蛻巖、
西麓各家之體。（見李分虎序）又分虎《耒邊詞・一翦梅・題紅藕莊
詞》結語云：「江南江北總相思，說藕莊詞，似草窗詞。」是蘅圃詞
亦有似草窗者。茲舉〈好事近・沂水道中〉一闋，以見一斑，詞云：

極目總悲秋，衰草似黏天末，多少無情烟樹，送年年行客。
　　亂山高下沒斜陽，夜景更清絕。幾點寒鴉風裏，趁一梳
涼月。

雖襲前人句，但能運用自如，結尾二句「幾點寒鴉風裏，趁一梳涼月」
尤見渾成。惟氣體究去白石玉田已遠。

謝章鋌《賭棋山莊詞話》（卷十一）「（蘅圃）所得，比諸家較淺，
綿麗不及竹垞，淡遠不及武曾。」並例舉〈粉蝶兒・本意〉云：「趁
好風兒，一雙兩雙得意。揀花枝、夜來濃睡。」〈珍珠令・詠珥〉云：
「偶墜香泥飛燕啄。便銜去書床那角。那角。被一曲相思，鉤人心著。」
以爲如此好句不數見也。且更進而標出集中不守律之誤。「塡〈好女
兒〉用古閨秀名。如小小、蟲蟲、輕輕、七七等類，而調下自注用雙
聲小名，以疊字爲雙聲，不知其何所據？」

謝論雖不失公允，然刻《浙西六家詞》者蘅圃也，於是浙江派之
壁壘分明，風氣所被，詞壇翕然，更大盛於清之中葉，此不能不歸功
於蘅圃也。

十四、田同之

田同之字彥威，山東德州人。康熙庚子舉人，官國子監助教。詩

宗新城王士禛，凡有攻新城學術者，幾欲拼命與爭。（沈德潛《國朝詩別裁集》小傳）

同之未有詞集行世。卻著有《西圃詞說》，唐圭璋收錄於《詞話叢編》中，其間詞論已散見本書第二章，茲不贅述。

同之自序云：

> 余自少即嗜長短音，每遇樂府專家，則磬折請益。……沉困於制舉藝，不暇及，兼及者惟學聲詩，以遵吾家事耳。詞則偶一染指，不多爲。今老矣，臥病巖間，無所事事，復流連於宋之六十家中，勉強效顰，以寄情興。

可知同之少時乃用心於詩，至老方填詞以寄愁遣憂。大概所爲不多，故無詞作傳世。

同之又言著《西圃詞說》之動機與目的，云：

> 慮斯道淵微，難云小技，自鄒、彭、王、宋、曹、陳、丁、徐以及浙西六家後，爲者寥寥，論者亦寡，行見倚聲一道，謬誤相沿。漸紊而漸熄矣。故不自揣，於源流正變，是非離合之間，追述所聞，證者所見，而諸家詞話之切要微妙者，又復採擇之，參酌之，務求除魔外而準正軌。……夫是說也，雖不敢謂窔奧之燭，而情文之盤，宮商之佀背，亦庶幾乎一知半解矣。

此書凡八十八條。於詞之源流正變，多所闡述，於詞律異譌，亦能詳加辨證；網羅散佚，考遺聞於唐宋元明；採擷精英，蒐軼事於東西南朔。堪稱「博覽詳稽」。惟通篇紛然雜陳，較無系統，且抄錄他人之論，僅有少數注明出處，難脫掠美之嫌。

《西圃詞說》雖未能當後海之響，但具推闡浙江派詞論之功，乃不容否認之事實。

十五、錢芳標

錢方標字葆酚，江南華亭人。康熙五年舉於鄉，官中書舍人。其詩綺麗不佻，駘宕有則。總角即好倚聲，酒肆粉牆，倡家團扇，每因

興會即有斜行。（沈德潛《國朝詩別裁集》小傳、馮金伯《詞苑萃編》卷十八）

　　葆酚有《湘瑟詞》四卷，今不得見。唯《國朝詞綜》錄有〈轉應曲〉、〈雪獅兒・詠貓同錫鬯作〉、〈解連環・花玉峯道中偶成〉、〈倦尋芳・和道嵩詠綠蝴蜨〉、〈卜算子〉、〈南歌子〉、〈憶少年〉、及朱彝尊《茶煙閣體物集》所收〈沁園春〉二闋，共十闋。

　　葆酚工為豔詞，造語亦妙，如〈憶少年〉云：

　　　　小屏殘燭。小窗殘語。小樓殘夢，銖衣已烟散。只衞薰香重。　　錦瑟華年愁裏送，便淒涼，也無人共，傷心白團扇。畫秦蛾蕭鳳。

起句連用三「小」字，頗能引發複雜之感興。

　　彭羨門云：

　　　　葆酚居清切之地，雍容都雅，名滿海內。乃詞名湘瑟，若以仲文自況，夫曲終江上，句非不工，然寥寥十韻何至乞靈神助，以視是編之驚才絕艷，大歷才人不免有媿色矣。（《國朝詞綜》卷五）

將葆酚與大歷才人錢起並提。而陳廷焯《白雨齋詞話》評其詞云：

　　　　香重穠麗，語能入幽境，意味便永，然亦僅在皮毛上求深厚，非吾所謂深厚也。

譚獻則目之為「才人之詞」，非為詞之正宗。余以為譚言較中肯。葆酚詞雖不免流於浮艷，然其評周稚廉《雲居堂詞》有云：「冰持艷而不纖，利而不滑，刻入而無雕琢之痕，奇警而無突兀之病，可與彷彿者，溧陽彭爰琴、秀水朱竹垞耳。」（《古今詞話》卷下）可知「艷而不纖」、「利而不滑」、「刻入而無雕琢之痕」、「奇警而無突兀之病」，亦其塡詞之標準也。

十六、厲　鶚

　　厲鶚字太鴻，號樊榭，浙江錢塘人。先世家於慈谿，故以四明山樊榭為號。少孤貧，其兄賣淡巴菰葉為業以養之，樊榭僦居東園讀書，

勤奮不輟。康熙五十九年舉於鄉，以孝廉，需次縣令，將入都，道經天津，查蓮坡留之水西莊，同撰《絕妙好詞箋》，遂不謁選。乾隆元年浙江總督程元章薦應博學鴻詞科，試日，誤寫論在詩前，又報罷，而年亦且老矣，遂絕意功名，歸與鄉閭諸老雅歌酬唱。旋客揚州。祁門馬氏秋玉、半槎兄弟好結客，其園亭曰小玲瓏山館，結邗江吟社，太鴻主於其家。馬氏藏書最富，得盡探其秘牒。大江南北，主盟壇坫，凡數十年。性孤峭不苟合，躭閒靜，愛山水。以詩古文詞教授鄉里，老屋三楹，牙籤插架，蓬蒿不翦，門無雜賓，法書名畫而外，無儲藏也。瀹茗焚香而外，無功課也。冒雨尋菊、踏雪探梅而外，無往還應接也。生平諸體皆工，讀書搜奇愛博，鉤新摘句，尤熟於宋元以來叢書稗說。著述甚富，有《樊榭山房集》三十卷、〔註19〕《宋詩紀事》一百卷、《南宋院畫錄》八卷、《遼史拾遺》四卷、《東城雜記》二卷、《湖船錄》一卷、《南宋雜事詩》七卷、《玉臺書史》四卷、《秋林琴雅》等書。鶚無子，歿後四十餘載，栗主委榛莽中，何琪見之，取送黃山谷祠，洒掃一室供之，王昶屬同人於忌日薦酒脯焉。(《清史列傳》卷七十一、《清代學人象傳》、《國朝名家詩鈔小傳》卷四、《碑傳集》卷一百四十一、《聽松廬詩話》)

　　鶚生平博洽羣書，所見宋人集最多，而又求之詩話、書錄、山經、地部、說志，仿計有功例爲《宋詩紀事》一書（見全祖望〈宋詩紀事序〉），雖其人無完作者，亦收其片詞集句以傳之；天水華英，網羅殆遍，輯佚之功較諸計有功似勝一籌。且足補吳孟舉《宋詩鈔》之不逮。又《遼史拾遺》採摭羣書至三百餘種，自稱所註《遼史》比於裴松之之《三國史註》（見《四庫提要》），亦不誣也。此二巨作皆著錄於《四庫全書總目》。其餘諸書如《東城雜記》、《湖船錄》等，亦皆詳贍。《南宋雜事詩》一百首，則自采諸書爲之注，徵引浩博，考史事者重之。

　　樊榭詩「於新城（王士禎）長水（朱彝尊）外自成一家」。杭世

〔註19〕是集因所居取唐皮日休句，題曰樊榭山房，是以爲名。見《四庫提要》。

駿撰《詞科掌錄》有言：「太鴻獨矯之（對王漁洋、朱竹垞而言）以
枯淡，用意既超、徵材尤博。」又云：「厲太鴻爲詩精深華妙，截斷
眾流。」所謂截斷眾流，即是自創一格之意。其詩貌似枯淡，其實所
含之典實極博，正如全謝山於墓碣銘中所云：「所得皆用之于詩，故
其詩多有異聞佚事。」王昶《蒲褐山房詩話》曾綜論其詩云：

> 所作……五言尤勝，大抵取法陶謝及王（維）孟（浩然）
> 韋（應物）柳（宗元）而別有自得之趣；瑩然而清，窅然
> 而邃，擷宋詩之精詣，而去其疎蕪。

所評甚當。大抵其詩題材可分紀遊之山水古近體詩、個人抒懷或詩社
分咏之律絕體、金石考訂之古體詩三類：「其五言以氣韻勝，七言以
才情勝，總由胸有積書，是以語多雋味。」（《聽松廬詩話》）「而最長
於游山之什，冥搜象物，流連光景，清妙軼羣。」（全祖望撰墓碣銘）。
按樊榭詩取境多淡遠，有王維之淡雅，大唐諸人之明麗，又加以宋詩
之逋峭，的確不同凡響。如〈碧浪湖〉一首，[註20] 淡淡幾筆寫湖上
風光，將一切綺羅粉翠之詞彩均掃盡矣。

　　樊榭畢生致力於詞，自編集，於《前集》十二卷中，詞編爲二卷，
《續集》十卷，詞亦編爲二卷。其十卷之詞題爲北樂府，又身後汪曾
唯氏刻集，復搜羅集外詩詞，詞又編爲四卷，復有《迎鑾曲》（乾隆
帝南巡，與吳城共撰）二卷。汪曾唯跋集外詞云：

> 是集名《秋林琴雅》詞一百六十闋，先生三十以前之作。
> 越十九年編《樊榭山房集》，錄五十六闋。

由此可知厲氏對作品揀擇態度之謹嚴。陳乃乾輯《清名家詞》，別予
選錄，題名《樊榭山房詞》。本集詞分甲、乙二卷，爲康熙甲午至乾
隆己未之作，又續集詞一卷，則己未至辛未之作，外詞二卷，名《秋
林琴雅詞》。據中華《四部備要》本，共計得詞二百九十一闋。

〔註20〕詩云：「自塔紅亭宿霧收，放船港口足銷憂，蘆分山色離披去，水接
　　　　雲空淡沲浮。風物三吳何處最，陂塘五月已如秋，樊川可是詩情減，
　　　　不爲探春也合遊。」

樊榭詞學，於文學史上，較其詩文地位爲高。屬鶚十二首〈論詞絕句〉，其十云：「寂寞湖山爾許時，近來傳唱六家詞，偶然燕語人無語，心折小長蘆釣師。」〈紅蘭閣詞序〉亦云：「近日言詞者，推浙西六家……。」張今涪〈紅螺詞序〉則云：「攜李，今詞鄉也。自朱竹坨太史導其源，李秋錦、魏水村諸公和之，而柘上二沈，同姓著稱，南淳以秀澹勝，融谷以婉孌勝。於時一篇始出，四方傳唱，敏若風雨，雖茶檔、酒幟，井眉椒壁間，偉男髫女，皆能道其名字……。」由這幾段話，可知其詞學淵源所自。朱孝臧題其詞集云：

南湖隱，心折小長蘆。拈出空中傳恨語，不知探得頷珠無？
神悟亦區區！

屬氏固浙派中堅人物也。要之浙派詞朱彝尊開其端，屬鶚振其緒。樊榭之於竹坨，猶桐城姚姬傳之於方望溪也。王昶編《清詞綜》，選取樊榭詞有五十四闋之多，可見對之十分重視。

太鴻詞喜用新事，世多未見，往往重其富麗。後生效之，以掊撦爲工，漸浸淫及於大江南北，於是雍乾之後，幾奉樊榭爲赤幟矣。然其詞標格南宋，以姜、張爲登峯造極之境，出入梅溪、夢窗、中仙諸家。其神似白石之詞，如〈憶舊游·辛丑九月既望，風日漸霽，喚艇自西而堰橋，沿秦亭、法華，灣迴以達於河渚。時秋蘆作花，遠近縞白。回望諸峯，蒼然如出晴雪之上。庵以「秋」名，不虛也。乃假僧榻，偃仰終日，唯聞櫂聲掠波往來，使人絕去世俗營競所在。向晚宿西田舍，以長短句紀之。〉云：

遡溪流雲去，樹約風來，山翦秋眉。一片尋秋意，是涼花載雪，人在蘆碕。楚天舊愁多少，飄作鬢邊絲。正浦溆蒼茫，閒隨野色，行到禪扉。　　忘機，巧無語，坐雁底焚香，蠶外絃詩。又送蕭蕭響，盡平沙霜信，吹上僧衣。憑高一聲彈指，天地入斜暉。已隔斷塵喧，門前弄月漁艇。

吐屬雋雅，格調高迥，白石卻步矣。而詞前小序，亦得白石之清妙。

令詞之似白石者，又如〈思佳客·吳中作和繡谷〉云：

窄窄紋窗小小舟。空波一片漾難收。滿天細雨曾成夢，壓

水涼陰半倚樓。　　深玉瑗，暖香篝。夾紗衣薄不曾秋。
吳中舊事君知否，晚泊荷花爲洗頭。

語雋意婉，不減白石。

其詞似玉田者，如〈百字令・月夜過七里灘，光景奇絕。歌此調，幾令眾山皆響〉云：

秋光今夜，向桐江，爲寫當年高躅。風露皆非人世有，自
坐船頭吹竹。萬籟生山，一星在水，鶴夢疑重續。挐音遙
去，西巖漁父初宿。　　心憶汐社沈埋，清狂不見，使我
形容獨。寂寂冷螢三四點，穿過前灣茅屋。林淨藏煙，峯
危限月，帆影搖空綠。隨風飄蕩，白雲還臥深谷。

字琢句鍊，清靈騷雅，其聲調清越，超然獨絕。陳廷焯評曰：「無一字不清俊。」又曰：「鍊字鍊句，歸於純雅，此境亦未易到。」（《白雨齋詞話》卷四）按此詞風格，當是白石、玉田爲一。以玉田之瀏亮有餘，加上白石之苦澀之味，便覺回味無窮。其中警句，「萬籟生山，一星在水，鶴夢疑重續。挐音搖去，西巖漁父初宿。」「林淨藏煙，峯危限月，帆影搖空綠。隨風飄蕩，白雲還臥深谷。」字穩而情不滯，是樊榭獨到處。

其似梅溪者，得其氣韻：「融情景於一家，會句意於兩得」（白石評梅溪詞話），如〈聲聲慢・題停琴仕女圖〉云：

簾垂有影，院靜無聲，誰家待月闌干。兩點深鬟，分付次
第眉山。嬋娟薄妝乍倪，便低鬟更自幽妍。心事遠，看轉
將瑤軫，尚怯春寒。　　只有梅花知得，愛香生絃外，韻
在絲前。小立徘徊，肯教流響空烟。人間尚留粉本，不愁
他輕誤華年。凝望處，想參橫依約未眠。

彷彿梅溪之清奇逸秀，徐紫珊謂其「沐浴於白石、梅溪而出之者」，洵非虛語。

朱竹垞謂「夢窗、中仙皆具白石之一體」，樊榭兩學之，皆得其神韻。如〈高陽臺・成窯九十九子瓷合，金壽門索賦，云是宮中妝具也〉云：

祕翠分峯，凝花出土，依稀粉滴脂函。鈿合前塵，宮羅冷
卻菱尖。浮梁猶有當時月，向夜深孤照秋奩。怨長門，夢
斷蒼龍，字漬眠蠶。　　戲嬰圖子誰描得，恰臨妝試仿，
黛筆重添。數比蠡斯，未曾盈百休嫌。從今舊價卑哥汝，
宛青蛾紅淚偷淹。莫銷魂，漢宛瑤箱，久落江南。

得夢窗之深秀綿邈。如〈高陽臺・落梅〉云：

縞月啼香，青禽警瘦，遺環與恨俱飄。雪沒鞋痕，何人爲
掃溪橋。東風欲避層臺遠，御風歸第一春銷。惱相思，校
北枝南，冷夢迢迢。　　山空記得吟疏影，拾參差片腦，
自裹冰綃。湖水無聲，流殘舊怨新嬌。餘酸已在濃陰裏，
怕重屏葊難描。更堪他，消息經年，雨暮烟朝。

得中仙之閒雅工麗，故譚獻謂其「可分中仙、夢窗之席。」

　　樊榭詞雖以深婉雅麗見稱，然亦不乏大氣魄之作，如集外詞之〈蓬
萊望海潮〉云：

雲斷山痕，天粘水影，望中何處蓬萊，奇絕殘秋，茫然對
此浮杯。祖龍可是慳仙骨？甚西風不送船回。最堪哀，老
卻扶桑，忘卻誰載。　　而今社鼓斜陽裏，已湖鷇舊境，
梁換新梅。一朵青紅，虛空那有樓臺，白無涯，月又初生，
潮又初來。

明快清空，音響高朗，類似白石題武昌安遠樓〈翠樓吟〉之格調。惟
上下兩闋結尾二句，未免小家氣象。按當時江浙人塡詞均喜用此句
法，梁紹壬《兩般秋雨盦筆記》所談之詞，多趨此種，似不足爲法。

　　余獨愛其小令〈細雨・滿宮花〉，詞云：

看成煙，吹做水，低盡春陰垂地，霏霏拂拂，又濛濛不是
養花天氣。　　濕透子規聲裏，人倚疏簾無味，晚來幾滴
枕邊聞，如在空江船尾。

此類江南風調小詞，最易流於纖艷，但太鴻卻掃得乾淨，結句用「空
江船尾」，更顯出江湖高士之風格。

　　樊榭之詞，綺藻韻致，於浙江派中，最爲出色，非餘家所及，即
朱竹垞亦當斂手。其詞詞境幽峭，造語甜中透澀，行文流亮不滑，欲

收又放，欲吐仍茹。詞家之有樊榭，一如詩家之有阮亭也。諸家之評樊榭詞者，則褒貶不一。

如徐紫珊曰：

> 樊榭詞生香異色，無半點烟火氣。如入空山，如聞流泉，眞沐浴於白石、梅溪而出之者。（《藝衡館詞選》）

淩廷堪〈梅邊吹笛譜目錄跋後〉曰：

> 至屬太鴻出，而琢句鍊字，含宮咀商，淨洗鉛華，力除俳鄙，清空絕俗，直欲上摩高、史之壘矣。又必以律調爲先，詞藻次之。

二家於樊榭，推崇備至。惟淩謂直欲上摩高、史之壘，尙未能道出其造詣，實則樊榭直接姜、張，豈僅高、史而已哉。

陳玉几曰：

> 樊榭詞清眞雅正，超然神解，如金石之有聲，而玉之聲清越，如草木之有花，而蘭之味芬芳。

趙意田曰：

> 《琴雅》一編，節奏精微，輒多絃外之響，是謂以無累之神，合有道之器者。（二者並見《藝薌館詞選》）

二家於樊榭，亦皆讚賞有加，有揚而無抑。至於褒貶兼施，或有貶無褒者，則有丁紹儀、譚仲修、陳廷焯諸家。

丁紹儀《聽秋聲館詞話》謂樊榭詞專以南宋爲宗，故所作拘於一格，其語多婉焉，然去北宋疏越之音遠矣。譚獻《篋中詞》（二）以爲太鴻思力可到清眞，苦被玉田所累。塡詞至太鴻，眞可分中仙、夢窗之席。世人爭賞其餖飣窳弱之作，所謂「微之識砥砆」也。浙派爲人詬病，由其以姜、張爲止境，而又不能如白石之潤，玉田之澀也。

二家之論似失之偏激。較中肯者當推陳廷焯《白雨齋詞話》（卷四）所言：

> 屬樊榭詞，幽香冷艷，如萬花谷中，雜以芳蘭，在國朝詞人中，可謂超然獨絕者矣。論者謂其沐浴於白石、梅溪（徐紫珊語），此亦皮相之見。大抵其年、錫鬯、太鴻三人，負

其才力，皆欲於宋賢之外別開天地，而不知宋賢範圍必不可越。陳、朱固非正聲，樊榭亦屬別調。

又曰：

樊榭詞拔幟於陳、朱之外，窈曲幽深，自是高境。然其幽深處，在貌而不在骨，絕非從楚騷來，故色澤甚饒，而沈厚之味終不足也。

又曰：

樊榭措詞最雅，學者循是以來深厚，則去姜、史不遠。

此外陳氏且列舉樊榭詞以明其言，如云〈國香慢・素蘭〉「月中何限怨，念王孫草綠，孤負空香。冰絲初弄，清夜應訴悲涼。玉斷相思一點，算除是連理唐昌。閒階澹成夢，白鳳梳翎，寫影雲窗」諸句，聲調清越，最見本色，亦是其所長。如〈謁金門・七月既望湖上雨後作〉一闋，中有怨情，意味深厚。〈玉漏遲・永康病中夜雨感懷〉一闋，騷情雅意，似周草窗而過之。又如〈齊天樂〉云：「將花插帽，向第一峯頭，倚空長嘯」，〈高陽臺〉云：「秘翠分峯，凝花出土」，〈桃源憶故人・螢〉云：「殘月剛移桐屋，一箇牆陰綠」，似此之類，皆造句精雅，自其外著者觀之，儼然一樂笑翁矣。

白雨齋所謂幽深而不沉厚，即《篋中詞》云：「以姜、張為止境」故也，樊榭嘗病倚聲家「冶蕩者失之靡，豪健者先之肆，因約情歛體，深秀綿邈，興至思集，輒自比之孫氏一弦，柳家雙鑠。」（見《杭州府志》）其志可知矣。大抵厲氏思力可至清眞，乃為姜、張所限，而率意處又往往不能如白石之澀、玉田之潤，則其蔽也。然樊榭詞集《秋林琴雅》四卷，無語不工，無字不鍊，清微孤峭，自樹一幟，固為詞場定評矣。

十七、王 昶

王昶字德甫，號述庵，一字蘭泉，又字琴德，江蘇青浦人（《國朝詩人徵略》作江南嘉定人。）乾隆十九年進士。高宗南巡，召試第一，賜內閣中書協辦侍讀，充軍機章京，三遷刑部郎中。三十二年察

治兩淮運鹽提引，因事罷職，時緬甸未靖，阿桂總督雲貴，奏請佐理軍事，昶投筆從戎，出銅壁關，擊賊獲勝，緬甸降。三十六年，小大金川相繼搆亂，先後隨阿桂、尙書溫福進討，軍謀多所贊畫，嘗日行數百里，夜治章奏軍書於礮火矢石中。四十一年，金川奏凱，擢鴻臚寺卿。後歷任左副都御史、江西按察史、雲南布政使、刑部右侍郎。五十八年，因病乞休，奉帝諭以歲暮寒，俟來歲春融歸里。昶歸，遂以「春融」名其堂。回籍後，居於廟廡，朋舊贈遺，悉以刻書。昶於學無所不通，早歲爲吳門七子之一，嘗主婁東、敷文兩書院。嘗數校順天試，得士甚盛，受業者復二千餘人。收藏富有，積金石文字數千通，書五萬卷。所至朋舊父譏，提倡風雅，後進執經請業，舟車錯互，戶外履常滿。著述甚富，有《春融堂詩文詞集》六十八卷、《金石萃編》一百六十卷、《青浦詩傳》三十二卷、《湖海詩傳》四十六卷、《湖海文傳》七十五卷、《國朝詞綜》四十八卷、《明詞綜》十二卷、《征緬紀聞》三卷、《蜀徼紀聞》四卷、《滇行日錄》三卷、《屬車雜志》二卷、《豫章行程記》一卷、《商雒行程記》一卷、《重游滇紹紀程》一卷、《雪鴻再錄》二卷、《使楚叢談》一卷、《臺懷隨筆》一卷、《天下書院志》十卷、《續修西湖志》、《青浦縣志》、《太倉州志》、《蒲褐山房詩話》、《陝西舊案成編》、《雲南銅政全書》、《朝聞錄》。其未成書者，爲《羣經揭櫫》、《五代史注》。「揭櫫」取《周禮・職金》注今時之書，有所表識，謂之揭櫫之意，蓋以漢學爲表識，而專攻毀漢學者。（《清史列傳》卷二十六、《清代學者象傳》卷三、《國朝詩人徵略》卷三十六、《國朝先正事略》卷二十）。

　　管同〈資政大夫刑部右侍郎王公行狀〉稱蘭泉「漢宋之學，皆深究之，亦頗覽浮屠家言，然不爲所惑，文學宋明，務在明道釋經，非是者不苟作。」阮元撰〈誥授光祿大夫刑部右侍郎述庵王公神道碑〉，更明言：「公治經與惠棟同深漢儒之學，《詩》《禮》宗毛鄭，《易》學荀虞，言性道則尊朱子，下及薛河津、王陽明諸家。」則其師學淵源可知矣。

蘭泉古文力追韓蘇。江藩《漢學師承記》有言：「（先生）古文則以韓柳之筆，發服鄭之蘊。」《松軒隨筆》引蘭泉先生論文云：「稍濃則近塗澤，稍奧則近膺古，此道中甘苦之言，學爲古文者宜知之。」所言皆切中肯綮。

其詩初學六朝初唐，後宗杜、韓、蘇、陸（阮元言）。讀其辭和易而優柔，可以其懷抱。昶遊歷徧中外，更事既多，故其詩文閎富，足備知人論世者之采擇，有非他人所能及者。

昶詞集名《琴畫樓詞》，〔註21〕《清名家詞》本共三百零六闋。多紀遊之作。其詞以輕蒨爲宗。茲舉二闋，以見其風格。〈臨江仙〉云：

> 梅坪竹塢閒游處。花前曾遇芳姿。一簾香月定情時。淺斟金鑒落，低按玉參差。　　疏柳長亭人別後，茶烟禪榻相思。翦燈和淚寫新詞。斷魂涼雨後，殘葉下階墀。

〈探春柳·堤鶯囀〉云：

> 梅雪初殘，梨雲乍損，一逕柳枝低亞。笛裏香綿，烟中粉絮，低拂綠陰臺榭。裊裊無人處，問誰弄、清吟閒冶。最憐長板橋邊，殷勤似惜花謝。　　幽客夢回東舍。聽繡羽飛來，池館清暇。隔葉纏綿，隨風宛轉，好與紅襟細話。便趁雙柑在，壓菊酒、翠樽輕瀉。怕到涼秋，啼鳥空繞月夜。

昶之詞學成就不在其詞作，而在《明詞綜》、《國朝詞綜》之編著。其自序《明詞綜》云：

> 國初朱竹垞太史集三唐、五代、宋、金、元之詞，……成《詞綜》三十六卷，汪氏普賢刻之，爲後世言詞者之準則，予尚以其不及明詞爲憾。蓋明初詞人猶沿虞伯生、張仲舉之書，不乖於風雅。及永樂以後，南宋諸名家詞，皆不顯

〔註21〕賀光中《論清詞》云：「王昶有《紅葉江村詞》」，與陳乃乾之《琴畫樓詞》異名。未知孰是。據《秋聲館詞話》（卷十八）云：「王蘭泉司寇初集同時師友詞爲《琴畫樓詞鈔》」。

於世，惟《花間》《草堂》諸集盛行。至楊用修、王元表諸
公小令中調頗有可取，而長調則均雜於俚俗矣。然一代之
詞，亦有不可盡廢者，故《御選歷代詩餘》擷取者一百六
十餘家。予友桐鄉汪康古文謂竹垞太史於明詞曾選有數
卷，未及刊行，今其本尚存，汪氏頻訪之而不得。嘉慶庚
申遇汪小海於武林，則太史未刻之本在焉；於是即其所有，
合以平生所搜輯得三百八十家，共成十二卷，彙而鐫之，
以附《詞綜》之後，選擇大旨亦悉以南宋名家為宗，庶成
太史之志。

觀此，則知其編書之動機及旨意所在。陳廷焯以為《明詞綜》之選實
屬無謂。然有明一代可選者寥寥無幾，亦不能病其所選之平庸也。

　　《國朝詞綜》四十八卷、《二集》八卷，去取之旨亦本之朱錫鬯，
其自序有云：

余弱冠後，與海內詞人遊，始為倚聲之學，以南宋為宗，
相與上下其議論，因各出所著，並有以國初以來詞集見示
者。計四五十年來所積既多，歸田後恐其散佚湮沒，遂取
已逝者擇而抄之，為《國朝詞綜》四十八卷。……至選詞
大旨，一如竹垞太史所云，故續刻於《詞綜》之後，而推
廣汪氏之說，以告世之工於詞者。

王紹成〈國朝詞綜二集序〉亦有言：

惟現在朋游尚餘二三十家，並有零章小集，填溢篋衍。紹
成因請於先生，擇其尤者共六十餘家，編成《二集》八卷，
其取舍大旨，仍以太史為宗。

故知初集乃錄已逝者之詞作，二集則為現存友朋之佳構。

　　是書成於嘉慶初元。凡未詳里居時代者均彙列四十六卷中。其於
諸家詞之選，去取雖未能滿人意，但大抵尚屬平正。

　　歷來對《國朝詞綜》，除《聽秋聲館詞話》贊其「選擇最為美備」
之外，餘皆多所非議。如《賭棋山莊詞話》（續編二卷）云：

《國朝詞綜》於同人之作多所竄改。

其選詞專主竹垞之說，以南宋爲歸宿，不知竹垞無美不收，
固不若是之拘也。今不問全集之最勝，而祇取結體之相同，
則竹垞已云吾愛姜史，君亦厭辛劉，而辛劉之作何以尚留
於《詞綜》哉。且不獨備數而已，稼軒三十五首，改之九
首，又何以入選如是之多哉！司寇則不然，同時若蔣藏園、
洪北江，皆有詞名，祇以派別不同，蔣第選二首，洪第選
一首，皆非其至者。大抵司寇所著書，當以《湖海文傳》
爲善，其餘雖采摭繁富，謂爲宏獎風流則可，謂爲精於鑒
別，似尚須論定也。

譚獻則云：

> 王侍郎《詞綜》成，膚語未濯，而名手以隱秀相尚者，不
> 爲所掩。

> 王侍郎去取之旨，本之朱錫鬯，而鮮妍修飾，徒拾南渡之
> 瀋，以石帚玉田爲極軌，不獨珠玉、六一、淮海、清眞皆
> 成絕響，即中仙、夢窗深處全未窺見。（《復堂詞話》）

蓋王氏《詞綜》過份拘泥於派別之分，故選詞難免有遺珠之歎，謝、
譚二家評論，不失公允。

十八、吳錫麒

吳錫麒字聖徵，號穀人，浙江錢塘人，乾隆四十年進士，選庶吉
士，散館，授編修。累遷至國子監祭酒，以親老乞假歸養，僑寓揚州，
主講樂梅花安定書院，所拔多績學礪品之士。其性至孝，天姿超邁，
生平不趨權貴，然名著公卿間，交重其學。嗜飲，無下酒物，以書代
之。自少至老，未嘗離筆硯。喜遊，中年乞養南還，往來於吳山越水
間，嘯傲林泉，流連詩酒，青簾畫舫，祿若紅衫，節屆所經，無不承
蓋扶輪，掃門納屨。賦性沖挹，和藹宜人，引掖後學，唯恐不及，見
一藝之長，稱道弗衰，當時文士胥仰之，如光風霽月。詩、古文、詞
俱工，駢體文尤勝。著有《正味齋集》七十三卷，藝林奉爲圭臬。（《清
史》卷四百八十四、《清代學人象傳》、《清史列傳》卷七十二、《國朝

先正事略》卷四十二）

　　錫麒駢體文合漢魏六朝唐人爲一鑪冶之，胎息既深，神采自王，於陳其年、袁枚諸家外別樹一幟。吳山尊所稱「愈唱愈高，去天三尺者也。」（《八家四六文抄》）

　　按吳氏駢體文以清華明秀見長，爲有清一代名家。其詩亦鎔漢魏六朝唐宋爲一鑪，而得力於宋人者爲多。《聽松廬詩話》推稱：

　　　　嘗合詩文全集論之，命意必清，吐辭必秀，取材必當，運
　　　　筆必靈，凡操觚而有晦澀拙滯癡肥粗俗之病者，當奉此爲
　　　　換骨金丹。

又云：「先生七律多清新靈雋之作。」「排律生面獨開，於流轉之中，含沈鬱之致。」楊甫則賞其八韻詩：「天敲自解，一洗萬古，眞力彌滿，先射命中，洞入題膝，橫生側附，眾妙孕包，……攸忽異狀，不名一能。」（《國朝詩人徵略》引楊甫未定稿）吳詩諸體皆工，清麗綿邈，秀骨天成。浙中詩派自朱、查、杭、厲而後，嗣音者少，錫麒起而振之。清詩學眾美畢臻，得古人溫柔之旨者，一人而已。洪亮古評其詩如青綠溪山，漸趨蒼古；翁方綱稱爲最深於杜，蓋學古而非徒形似者。均爲至論。

　　錫麒詞集名《有正味齋詞》。分〈佇月樓琴言〉、〈三影亭寫生譜〉、〈鐵撥餘音〉、〈江上尋煙語〉、〈紅橋笛唱〉五種，《清名家詞》本計收五百一十三闋。

　　《有正味齋詞》靈雋清超，兼碧山、玉田之長。其自敍《佇月樓分類詞選》有云：

　　　　慕竹垞之標韻，緬樊榭之音塵，竊謂字詭則滯音，氣浮則
　　　　滑響，詞俚則傷雅，意褻則病淫。

循究斯言，可以知其意旨與造詣矣！其詞欲雅而正，爲浙江派之錚錚者。

　　集中體物諸作，佳處如：〈長亭怨・慢寒鴉〉云：「踏遍枯枝，半林殘葉、墜如雨。」又「記破曉、幾點蒼茫，倩誰寫、蒼山行旅。」

〈秋霽·牽牛花〉云：「愛短橋外，只見滴翠搖青，聽延秋紡，一蚊吟遠。」〈水龍吟·白蓮〉云：「水香何處尋來，一痕澹月微茫墜。」〈瑣寒窗·綠陰〉云：「映蒼苔、餘寒未休，隔簾又釀江南雨。甚滿身冷翠，低鬟微軃，摘梅簪去。」〈水龍吟·秋蘆〉云：「短篷小泊，一簪飛雪，惱人愁共。」〈解語花·詠橄欖花〉云：「纔省知、回味都無，問此心灰否。」〈宴清都·秋陰〉云：「楓葉今朝冷。吳帆外、夕陽千里無影。」語皆高妙幽秀，不讓朱屬獨步。

此外如〈月華清〉後半闋云：

> 不怨美人遲暮，怨水遠山遙，夢來都阻。翠被香消，莫話
> 青鸞前度。賸醉魂、一片迷離，繞不了、天涯紅樹。誰語。
> 正高樓橫笛，數聲清苦。

〈滿江紅·秘錢戲〉云：「色相難空阿堵物，畫題又入菩提變。」同調〈姑蘇午日〉云：「往事總如炊黍過，今人那不讀離騷。」〈浣溪紗〉云：

> 隔樹新聲喚乳鳩。撲簾香絮墮銀鉤。無人尋夢到江頭。
> 　　結局東風歸似客。消魂晚雨冷於秋。落花如畫滿衫愁。

〈巫山一段雲〉云：

> 金粉鋪殘照，胭脂爛古苔。半春濃雨不曾來。今日小園開。
> 　　裙色鴛鴦妒。衣痕蝴蝶猜。落花如雪冒輕釵。無語下
> 香階。

〈羅敷媚〉云：

> 臨湖小院儂家住，名是楊枝。愁似楊絲。怕見楊花渡口飛。
> 　　波心聽打蘭橈去，夢也迷離。信也依稀。過了春寒九九
> 時。

皆清和雅正，秀色有餘，蓋神似草窗者也。

陳廷焯評錫麒詞「全在洗鍊」「只可爲近時高手，論古則未也。」「可亞於樊榭，微嫌才氣稍遜。」（《白雨齋詞話》卷四、卷六）譚獻則云：「詞學樊榭，可云正宗，而骨脆才弱，成就甚小。」（《篋中詞》）余以爲錫麒詞實工於鍊字，而成就似出古詩、駢文之右，豈可謂小乎？

十九、郭　麐

郭麐字祥伯，號頻伽，年五十號蘧庵、六十日復庵。江蘇吳江人。髫齡姿秉過人，有神童之目，弱冠補諸生，頎身玉立，一眉瑩白如雪，人稱郭白眉。舉止不凡，見者不問而知為通人雅士，姚鼐極稱許之。屢困秋闈，應京兆試入都，才名噪甚。所交如法式善、吳錫麒、孫星衍、張問陶等諸公，無不推襟接膝，結詩酒盟。下第南歸，遨遊幕府間，文采照耀江淮，負其才識，不得有所見於世，素所積蓄，化為憤鬱無聊，而時寓於詠歌酣醉，世皆以狂目之。然愛才服善，見有一藝之長，稱頌不輟，惟迂儒俗士，則時遭白眼，其自題像贊云：「其目無人，其心無我，與世周旋，謂狂也可。規模背時，文亦宜然，不趨利祿之路，遂為他人所先。至其鈲心掐胃，咀宮含商，穿穴險固，窮極豪芒，與時賢而相較，似有一日之長。」其為人可知。著有《靈芬館詩初集》四卷、《二集》十卷、《三集》四卷、《四集》十二卷、《續集》八卷、《雜著》二卷、《雜著續編》四卷、《金石例補》二卷、《江行日記》一卷、《樗園消夏錄》三卷、《靈芬館詩話》十二卷、《續詩話》六卷、《靈芬館詞》八卷（《清史列傳》卷七十三、《清代學者象傳》卷四）

頻伽之文推崇姚鼐，其文章雅潔奧麗，得古人法。又善書法，行楷書，仿黃山谷，秀勁超逸；間作隸篆，亦古雅絕倫。偶畫竹石，別有天趣。

馮登府〈頻伽郭君墓誌銘〉云：「舉業專力於詩古文詞，其詩詞尤縱才力。」頻伽詩初學李長吉、沈下賢，稍變而入於蘇黃，又對袁枚頗為讚賞，〈挽隨園先生〉詩云：「先生弱冠稱詞臣，筆花四照開暢春。」（見《靈芬館詩初集》卷二）。王昶題其行卷云：「攬其詞旨，哀怨為宗，玩厥風華，清新是尚。」吳錫麒更贊之曰：「其詩擺脫凡近，澡雪精神，希軌於謫仙（太白），取雋於玉局（東坡），凡山川閱歷，風雨歗歌，能以己之神明入乎其內，故麗而不縟，清而益深，其力可負風而飛，其氣纍纍乎如貫珠而不絕。」阮文達則稱其「靈氣入

骨，奇香悅魄。」(《清詩滙》卷一百十五錄) 其詩蓋以清雋明秀爲主，如〈曉發〉云：「柔艣蒼茫外，高城杳靄間。霞明浦口樹，人語夢中山。喚起翻思坐，催歸未卻還，扁舟載黃葉，蕭瑟下江關。」遣河用語，自是不凡。所著詩話不蹈前人，廣收顯者之詩，曲意貢諛，冀通聲氣之弊；議論亦佳。

郭於詞盛推朱、厲，其於〈夢綠庵詞序〉云：

> 詞之爲道，詩文之小者，而國初之最工者，莫如朱竹垞，沿而工者，莫如厲樊榭。

後於詞話中則對朱氏大加推崇，其云：

> 本朝詞人，以竹垞爲至，一廢草堂之陋，首闡白石之風。《詞綜》一書，鑒別精審，殆無遺憾。其所自爲，則才方既富，採擇又精，佐以積學，運以靈思，直欲平視《花間》，奴隸周柳。姜張諸子，神韻相同，至下字之典雅，出語之渾成，非其比也。

其推許朱氏太過，故有人以爲郭氏所論，未能中肯。

頻伽詞集名《靈芬館詞》，凡四種，曰〈蘅夢詞〉，曰〈浮眉樓詞〉，曰〈懺餘綺語〉，曰〈爨餘詞〉。《清名家詞》本計收三百九十四闋，〈衡夢詞〉爲嘉慶元年以前倚聲，均屬少作。〈浮眉樓詞〉起嘉慶元年終嘉慶八年。循姜張一路，故措辭不免流於滑易。其於此二集自序云：

> 余少喜爲側艷之辭，以《花閒》爲宗，然未暇工也。中年以往，憂患尠憹，則益討沿詞家之源流，藉以陶寫阨塞，寄託清微，遂有會於南宋諸家之旨，爲之稍多，其於此事，不可謂不涉其藩籬者已。春鳥之啾喁，秋蟲之流喝，自人世之觀，似無足以說耳目者，而蟲鳥之懷，亦自其胸臆間出，未易輕棄也。

〈懺餘綺語〉及〈爨餘詞〉多詠物之作，語最輕雋，其自序有云：

> 余自存〈蘅夢〉、〈浮眉〉二集，意不復更作，而數年以來，學道未深，幻情妄想，投閒紛然，加以友朋牽率，多體物補題之作，共得如干首，不忍棄去，過而存之。鐵秀之呵，固所不免，休天之懺，竊或庶幾，亦自恨結習之難除，悔

過之不勇也。

觀此，亦可知其志矣！

浙派至頻伽，作風爲之一變，其詞以清疏見長，如〈好事近〉云：

深院斷無人，拆徧秋千紅索。一桁畫簾開處，在曉涼池閣。

　　潛行行過曲闌干，往事正思著。猶認墮釵聲響，卻梧
桐葉落。

措語極雅，爲小令中不可多得之作。又如〈賣花聲〉云：

秋水淡盈盈。秋雨初晴。月華洗出太分明。照見舊時人立
處，曲曲圍屛。　　風露浩無聲。衣薄涼生。與誰人說此
時情。簾模幾重窗幾扇，説也零星。

循環諷誦，輕倩至無以復加。餘如〈百字令・題蘭村南園春夢圖〉，
芬芳悱惻，淒沁心脾；〈翠樓吟〉「似儂曾到。只三兩人家，看來都好。
柴門小。芙蓉無數，一時紅了。」數句輕描淡寫，不著色澤，所以爲
高。頻伽詞亦有專摹小長蘆者，如〈憶少年〉結句云：「當時已依約，
況夢中尋路。」清折靈轉，頗似竹垞手筆。

無錫丁紹儀於《靈芬館詞》頗爲推崇，胡衡〈聽秋聲館詞話跋〉
亦云：「靈芬別館，才調斐然。」然陳廷焯則稱頻伽詞槪屬最下乘，
不但不及陳朱，亦去董文友、王小山遠甚，因嘆息曰：「世顧津津稱
之，何也？」（《白雨齋詞話》卷四）並列舉頻伽惡劣語，如「小桃如
綺，命短東風裏」；「昔日結如心，今日心如結，心裏重重疊疊愁，愁
裏山重疊」；又「那家那家在天涯，雨又斜，雲又遮，聽也聽也，聽
不到一曲琵琶」；又「丁字簾前，有個丁娘淒斷」之類，似又出二楊
之下。實貶之太甚，似非公允之論。譚獻所評，較爲中肯，云：

郭詞疏俊，少年尤喜之，予初事倚聲，頗以頻伽名雋，樂
於風詠，繼而微窺柔厚之旨，乃覺頻伽之薄，又以詞尚深
澀，而頻伽滑矣，後來辨之。（《篋中詞》）

郭詞不能柔厚深澀，而遂流於滑易，致貽儇薄之譏。

頻伽詞話本附於詩話之後，蓋仿周密《浩然齋雅談》例也。唐圭
璋輯《詞話叢編》將其分出，名《靈芬館詞話》。集中所錄名篇雋句，

生香活色，絕少俗韻，其稱梅溪警句及克齋〈太常引〉一闋，能補竹
垞《詞綜》所未備，季滄葦〈行香子〉一闋，亦視王昶《國朝詞綜》
選爲優。又其論詞云：

近日倚聲莫不宗法雅詞，厭棄浮艷，然多爲可解不可解語，
令人求其意旨而不可得，此何爲哉。

足爲專事堆垛者他山之錯。惜詞話中多錄題之什，時亦附以己作，缺
少完整議論。有關頻伽詞話之其他詞論，已散見本文第二章，此不贅
述。惟其繼司空表聖《詩品》所撰《詞品》十二則，傳播藝林，而褒
貶不同。吳衡照以爲奄有眾妙，謝章鋌則云：

其所分名目更多雷同，微婉詎別於委曲，閒雅無異於幽秀，
孤瘦逋峭所差幾何，穠艷奇麗亦復相近，而源流正變都無
發明，亦何貴此疊床架屋爲也。雖其中若芙蓉作花，秋水
一半，欲往從之，細石凌亂（委曲），雜花欲放，細柳初絲，
上有好鳥，微風拂之（神韻）吐屬非不雅雋，然不切則爲
陳言矣。（《賭棋山莊詞話》卷十二）

余意以爲此作雖語言工妙，興象深微，然長短句不同於五七言詩，尚
須注重音律，不得專論文字，引刻幽眇，頗難以言語形容，是固不必
品亦不能品也。況又拘牽爲十二則，未免有「膠柱鼓瑟」之失矣！

二十、曹言純

曹言純字絲贊，號種水，浙江嘉興人，貢生。詞與郭頻伽倡和，
有《種水詞》四卷（黃燮清《國朝詞綜續編》卷四，《芬陀利室詞話》
卷一）

《種水詞》全集今不得見，唯黃氏《國朝詞綜續編》錄有〈鷓鴣
天·永興道中〉、〈瑞鶴仙·代書答吳螟巢〉、〈聲聲慢〉、〈三姝媚·初
夏〉、〈蝶戀花·京口道上〉、〈步蟾宮·和李旭齋紅橋即事〉、又〈觀
荷同沈匡齋作〉、〈望梅〉、〈河傳·重送經農〉、〈師師令·詠境〉、〈綺
羅香·送項友花歸里〉、〈木蘭花慢〉、〈疏影·和旭齋懷剩舫早梅〉、〈惜
餘村慢·重賦芍藥〉、〈胡搗練宜天仙子〉、〈好事近〉、〈菩薩蠻〉、〈踏

莎行〉、〈蝶戀花〉、〈南歌子〉、〈鷓鴣天〉、〈謁金門〉、〈海棠春〉、〈一落索〉、〈南樓令〉、〈步蟾宮〉、〈傷春怨〉等三十一闋，所存不爲不多。

變清評詞云：

> 慢聲樸老堅潔，自饒嫵媚，非時下輕攏漫撚者所能學步。
>
> 小令觸緒生情，瑣瑣如道家常，深得古樂府神理，禾中朱李以來，斷推作手。（《國朝詞綜續編》卷四）

推崇備至。蔣純甫《芬陀利室詞話》則以爲未脫浙派藩籬，稍嫌餖飣。余則認爲種水詞多屬清麗之作。如〈胡搗練〉云：

> 深枝密葉樹迷人。只聽鶯鶯聲囀，水潤天長雲斷，不抵屏中遠。　　七盤舞似近前來。又忽隨風飛轉，對面猶遮團扇，知許何時見。

又如〈鳳凰臺上憶吹簫·仝金小山賦板橋春影〉頗有李易安風格，詞云：

> 門近橫波。樓深讀曲。記來曾度前溪，甚板橋猶是。芳樹全非，柳外闌干歷歷。都無有，惟有風吹，還留賸。漁潭蘸鏡。黛岫低眉。　　凝思，一襟舊事。看到得而今。換了淒迷，似草昏煙黯。金粉霏微，更入斜陽吹暝。叢灌裏，不住鵑啼，啼何語。聽他再三。苦勸人歸。

二十一、馮登府

馮登府字柳東，號雲伯，又號勺園。浙江嘉興人。嘉慶二十五年進士，以庶常改授江西將樂縣知縣。未及兩月，因親病解綬去，服闋後，教授寧波。大吏重其才，將薦舉之，力辭。後以告歸時，已得咯血疾，聞英人滋事，寧郡失守，病遂劇，尋卒。登府生平劬書好學，著述等身。與同縣李富孫交誼甚篤，每著一書，輒與商榷，富孫以爲錢大昕、全祖望之比。所著有《三家詩異文疏證》六卷、《補遺》四卷，《三家詩遺說翼證》二十卷、《論語異文考證》十卷、《十三經詁答問》十卷、《石經考異》十二卷、《金石綜例》四卷，並見稱於時。其自謝詩有「新書難得古人刊」之語。中葳遊閩，修《鹽法志》、《福

建通志》，名震海嶠間。又著有《閩中金石志》十四卷、《金屑錄》四卷、《石餘錄》四卷、《浙江磚錄》一卷、《唐宋詞科題名錄》一卷、《玉堂書史補》六卷、《梵雅》一卷、《小謫仙館摭言》十卷、《酌史巖摭譚》十卷。《石經閣文集》八卷、詩四卷、詞四卷。（《清史列傳》卷六十九、《碑傳集補》卷四十八）

　　登府詞集名《種芸仙館詞》，凡三種：曰〈月湖秋瑟〉，曰〈釣船笛譜〉，曰〈花墩琴雅〉。《清名家詞》本計收一百八十八闋。劉金門贊其詞云：「有白石之清空，無夢窗之質實。」（《憩園詞話》卷三引言）則太過矣！按柳東生於詞人薈聚之鄉，承朱李諸老之後，亦以姜張為宗，而旁涉中仙、草窗，意欲獨立一幟，故其詞輒戛戛生造，可謂有志之士！然以云善變則未也，誠如謝章鋌所言：「繁縟弗刪，遂嫌質實。」（《賭棋山莊詞話》卷二）如〈醉太平‧過嚴瀨〉云：

> 高臺水長。扁舟客忙。亂帆飛過驚瀧。露青山一窗。灘光樹光。鷗鄉鷺鄉。數聲漁笛滄浪。正秋風滿江。

〈生查子〉云：

> 秋到那家多，月向何人墮。記得昨宵無，早替吹燈火。　　心是共愁心，坐是同愁坐。長定怯單衾，推枕和衣臥。

若複嶺重巒之下，時見奇峯突兀。柳東詞大抵工于寫景狀物，得宋人遺意，如〈霜天曉角〉云：「昨夜新霜一抹，看一路、橘林黃。」〈浪淘沙‧賦落葉〉云：「說與西風留一葉，尚有蟬栖。」皆能離貌傳神，可謂「會句意于一時，融情景于兩得。」餘如〈聲聲慢‧賦闌干〉後段云：

> 卻記酒闌扶倦，數瓏十二，同靠秋涼。月暗花疏，忍教獨倚思量。愁腸幾回斷後，恨無聲，拍遍釵梁。凝望久，想吟魂，還在畫廊。

〈臺城路‧賦香篆〉後段云：

> 柔腸替伊寫出，恐被風吹斷，羇雲難寄。半炷才完，一絲又上，迷了薄金窗紙。紅籌倦倚記如夢如烟，背燈愁裏。

枕畔衚燕，冷灰飛不起。

皆和頻伽作也，細膩妥貼，正與郭麐工力相當。

二十二、項鴻祚

項鴻祚原名繼章，改名廷紀，字蓮生，浙江錢塘人，道光十二年舉於鄉。家世業鹽，至蓮生漸落。性澹然嗜古，沈默寡言，嘗避喧南山，讀書僧院，就泉看山，無復塵念。蓮生文辭爾雅，詩不多作，善填詞，每自度一闋，即付姬人歌之，其風流自賞如此。嘗語人曰：「予詞可與時賢角一日之名。」其自信又如此。先是家被火，室焚，乃奉母北行，途次又遇水厄，母與從子俱歿，號擗旋里，幽憂疾病不自振。既領鄉薦，再上春官不第，歸即病不起，卒年三十八。有《憶雲詞甲乙丙丁稿》四卷行於世。（《清史》四百八十三卷〈文苑傳〉、《碑傳集補》卷四十九、《國朝詞綜續編》卷十三）

鴻祚嘗云：「手訂詞藁，憤矜多芟削。」（譚獻〈項君小傳〉）可見其著作去取之嚴謹，今《榆園叢刻》本《憶雲詞》共存二百零七闋，蓋光緒間，仁和許增蒐其刪存詞付刻也。

《憶雲詞》仿吳夢窗例，分甲、乙、丙、丁四稿，自溫庭筠至馮延己各體皆擬之，且皆工。〈甲稿〉為道光三年以前倚聲，皆為少作，有自序云：

> 夫詞者，臆內而言外也，意生言，言成聲，聲分調……不自知其然也。生幼有愁癖，故其情艷而苦，其感於物也鬱而深。連峯巇巇，中夜猿嘯，復如清湘夏瑟，漁沈雁起，孤月微明。其宵夐幽淒，則山鬼晨吟，瓊妃暮泣，風鬟雨鬢，相對支離。不無累德之言，抑亦傷心之極致矣。

實能自道其詞境。而言「詞者，意內而言外也。」此論可能受常州派詞學之影響，其文亦幽清，似唐人小品。是時作品，出入南北宋諸大家，有擬小山者，如〈東風第一枝〉云：

> 鬭草庭閒，簸錢院靜，東風吹滿香絮。薄寒尚勒花期，天意似催春暮。杏梁歸燕，幾曾會相思言語。便等閒飛入盧

家,不帶離魂同去。 　空自想俊遊伴侶。又頻惱酒邊心緒。鸞牋待寫深情,腸斷都無新句。初三下九,問舊約更誰憑據。怕有人瘦損雙峨,日日畫樓聽雨。

有擬竹山者,如〈聲聲慢〉云:

賣餳小巷,摑鼓深閨,合成一片春聲。暗逗芳心,長隄隱隱車聲。二十四番風訊,滿西湖吹散歌聲。游倦也,正畫樓夢雨,滴碎簷聲。 　又是紗窗曉霽,問驚回香夢,誰簸錢聲。燕語鶯啼,中間卻帶鵑聲。莫更訴愁不住,怕落花飛盡無聲。花自落,減秋千牆裏笑聲。

有擬草窗者,如〈戀繡衾〉云:

漏殘酒醒鐙半昏。被池寒檀篆自熏。想月轉牆西角,悄無人愁過夜分。 　揉藍帕子餘香在,怕如今添了淚痕。夢不到梨花院,任東風吹作碎雲。

其他作品,如〈南浦‧詠柳〉,〈水龍吟‧詠敗荷〉,〈天香‧詠末麗〉等,則問途玉田、碧山,他若〈蘭陵王‧春晚〉,則入美成之堂奧矣。詞云:

晚陰薄。人在酴醿院落。鞦韆罷,還倚瑣窗,花雨和烟冷銀索。近來愁緒惡。遮莫。青春過卻。單衣減,沈水自熏,酒病經年怯孤酌。 　低低燕穿幕。任箋綠綃紅,心事難託。柳絲繫夢輕飄泊。歎奩鳳羞展,鏡鸞空掩,思量睡也怎睡著。恨依舊寂寞。 　妝閣。閉魚鑰。怕唱到陽關,簫譜慵學。夜占珠喜朝靈鵲。祇目斷千里,錦帆天角。玲瓏簾月,照見我,又瘦削。

故吳梅《詞學通論》稱蓮生集中,擬體最多,其才力固高大一等,持律亦細,誠為知言。始蓮生與郭頻伽齊名,而蓮生于詞尤專,吳子律曾索觀其詞,蓮生復以〈采桑子〉云:

霜紅一樹斜陽冷,墮葉驚蟬。衰草如烟。倦枕支秋夢不成。 　浮名只為填詞誤,詩酒流連。花月因緣。寫入烏絲盡可憐。

可見其用力之深矣。

〈乙稿〉起道光四年,終於八年,有自序云:

　　　　近日江南諸子競尚填詞，辨韻辨律，翕然同聲，幾使姜張

　　　　俯首。及觀其著述，往往不逮所言，而弁首之辭以多爲貴，

　　　　心竊病之。余性疏慢，不能過自刻繩，但取文從字順而止。

此言殆爲戈載輩發也，足爲詞家砥柱。此期精品甚多，尤近姜、張一

路，然〈天香〉諸闋顯學樂府補題一派，間亦有似稼軒爲壯調者，如

〈壺中天・懷古〉諸闋，面目近迦陵。亦有神味極似秦、柳者，如〈八

聲甘州・重陽遊百花洲〉。再如〈揚州慢〉之音節鏗鏘，似開後來蔣

春霖一派。詞云：

　　　　脫葉辭螢，涼被送雁，繫船野岸疏林。望重城靜鎖，聽斷

　　　　續寒碪。且隨分江湖落拓，二分明月，閒到如今。謾多情

　　　　紅袖，琵琶彈破愁吟。　　　竹西舊館，太荒寒休去登臨。

　　　　縱畫舫垂鐙，朱闌喚酒，都是傷心。我亦風流秦亡，青樓

　　　　遠有夢難尋。賸隄隈楊柳，吳霜染得秋深。

　　〈丙稿〉多爲詠物與行役之作。是時蓮生適逢家難，幽憂之疾益

深，而詞益工。其自序云：

　　　　嗟乎不爲無益之事，何以遣有涯之生。時移境遷，結習不

　　　　改，〈霜花腴〉之賸稿，〈念奴嬌〉之過腔，茫茫誰復知者。

　　　　俛仰生平，百端交集，正不獨此事而已。

觀此，亦可哀其志矣。譚復堂評《憶雲詞》，特揭此二語，且云「以

成容若之貴，項蓮生之富，而填詞皆幽艷哀斷，異曲同工，所謂別有

懷抱者也。」朱孝臧〈題憶江南〉云：「無益事，能有有涯生。自是

傷心成結習，不辭累德爲閒情，茲意了生平。」（《彊村語業》卷三）

亦約廷紀自序言之也。

　　〈丁稿〉有序，作于道光十五年閏六月，而蓮生亦於是歲卒矣。

其云：

　　　　沈鬱無憀之極，僅託之綺羅薌澤以洩其思，蓋辭婉而情傷

　　　　矣。

於此略見作者之情趣。此時作品較之《花間》、《尊前》；殆無愧色。

而語多哀怨，如〈山花子〉云：「蠻蠟同心搖翠幄，蜀箏纖手搣朱弦。

學囀春鶯渾不似，似啼鵑。」〈更漏子〉云：「霜裏月，月中更。行人聽不聽。」〈浪淘沙·題後主詞〉云：「心頭滋味只餘酸。」淒涼之音，不忍卒讀，以此竟夭天年。

蓮生天資聰穎，且深於情，故出語能感人肺腑。黃韻珊云：

> 《憶雲詞》古艷哀怨，如不勝情，猿啼斷腸，鵑淚成血，不知其所以然也。（黃氏《國朝詞綜續編》卷十三引）

譚仲修於《憶雲詞》尤加推許，謂：

> 幽異窈眇，浸淫五代兩宋，而擷精棄滓……自名其家，談者比之江淹雜體詩。（〈項君小傳〉）

> 蓮生古之傷心人也。盪氣回腸，一波三折，有白石之幽澀而去其俗，有玉田之秀折而無其率，有夢窗之深細而化其滯，殆欲前無古人。（《篋中詞》）

> 篇旨清峻，託體甚高，一掃浙派中喘膩破碎之習，蓮生仰窺北宋而天賦殊近南唐。（《復堂日記》戊辰）

又論蔣春霖《水雲詞》，謂其「流別甚正，家數頗大，與成容若、項蓮生，二百年中，分鼎三足。」（《復堂詞話》）以此三家爲詞人之詞，推崇備至。而王國維獨持異議，以爲「《憶雲詞》精實有餘，超逸不足，皆不足與容若比。」（《人間詞話》卷下）吳梅亦云：

> 成、項皆以聰明勝人，烏能與水雲比擬。且復堂既以杜老比水雲，試問成、項可當青蓮、東川歟，此偏宕之論也。（《詞學通論》）

蓋憶雲終以聰明見長，而沈鬱未足，論天分固可追容若，論工力則較水雲誠有不逮矣。

譚仲修又論「杭州塡詞，爲姜、張所縛，百年來惟蓮生有眞氣耳。」然蓮生措辭終傷滑易，平心而論，實未能盡脫浙派之藩籬（賀光中《論清詞》語）。《篋中詞》有云：

> 不知一入其彀，必至儇薄。其澀體諸詞，一經鑪錘，無不諧妥。於是論頻伽則嚴，論憶雲則寬，實則詞律之細，固郭不如項，而詞品之差，則相去無幾。

頗中憶雲之病。又云：

> 集中如〈河傳〉云「梧桐葉兒風打窗」‧〈南浦詠柳〉云「且去西冷橋畔等」，〈卜算子〉云「也似相思也似愁」，〈減蘭〉云「只有垂楊，不放秋千影過牆」，〈百字令〉云「歸期自問，也應芍藥開矣」，諸如此類，皆徒作聰明語，與南北曲幾不能辨。

則詞多襍曲語又其一病也。

結　論

綜合上列三章要義，可分如下數端：

一、浙江派之詞論、詞作，均深受當時政治背景、社會環境之影響。

二、浙江派詞論以「標舉雅正」為主，其餘評論，皆以此為依據。其詞論雖較乏系統，然尊體之功，實肇於此，為後來常州派「尊體」「寄託」之說，建立評論之依據。

三、浙江詞派影響後世極大。講技巧，重聲律，一洗草堂之陋習，首闢白石之宗風。開啓有清一代雕字琢句、研聲刌律之先聲。朱氏《詞綜》，標舉清華，別裁浮艷，于是學者莫不知挑草堂而宗雅詞矣！

四、浙江派詞家以朱彝尊、厲鶚為最重要。若以詞論而言，因朱彝尊有《詞綜》之編選，故其地位，應較厲鶚為高。就詞作而言，厲鶚不比朱彝尊遜色，只是厲比朱更刻意求工而已。

五、浙江派詞有四項特色：（1）多詠物、題贈、紀遊之作。（2）少用典故史實。（3）詞風婉約。（4）偶有不合律之處。

清代之詞，擷取五代兩宋精英，洗脫明人輕率習氣，大有剝極則復，蒸蒸日上之趨勢。當時詞家，有主清空者，有取醇厚者，雖因門戶不同，各有所尚，而無不在詞壇上大放異彩。終清之世，浙江、常

州二派迭興，成爲當代詞學兩大主流，浙派倡導清空典雅，力標姜張，講求韻律、辭藻，矯正纖俗浮薄之弊。常派主尊體，以北宋名家爲法，以深美閎約爲宗旨，以沉著醇厚爲依歸；講寄託，立意爲本，而協律爲末；使詞作更有深度與重量。兩派相合，乃使清代成爲詞學之復興期。清末諸大家：譚獻、王鵬運、況周頤、鄭文焯、朱孝臧等人，就浙、常兩派之基礎，發揚光大，以校刊經史之方法與努力，從事於詞籍之整理，其所自作，亦斐然可觀，遂造成晚清數十年間詞學風氣之大盛。但時代所趨，一切古典文學，日漸沒落，詞雖復興，恐亦只成其爲返照而已。

附錄　浙派詞家年表

明神宗萬曆四十一年　癸丑　西元一六一三
　　曹溶生。(《清名家詞小傳》)

明熹宗天啟三年　癸亥　西元一六二三
　　嚴繩孫生。(《無錫縣志》)

天啟五年　乙丑　西元一六二五
　　曹溶夏日與江丹涯於澄暉堂，論選詞之去取。(《古今詞話》)

明思宗崇禎二年　己巳　西元一六二九
　　朱彝尊生。(《嘉興府志》)

崇禎四年　辛未　西元一六三一
　　吳兆騫生。(《清史列傳》)

崇禎七年　甲戌　西元一六三四
　　曹貞吉生。(《清名家詞小傳》)

崇禎八年　乙亥　西元一六三五
　　李良年生。(《清名家詞小傳》)

崇禎九年　丙子　西元一六三六

徐釚生。(《清名家詞小傳》)

崇禎十年　丁丑　西元一六三七

曹溶中進士，官御史。(《清史列傳》)

崇禎十二年　己卯　西元一六三九

李符生。(《清名家詞小傳》)

清世祖順治二年　乙酉　西元一六四五

高士奇生。(《清名家詞小傳》)

曹溶七夕感悼，賦「踏莎行」詞。(《靜愓堂詞》)

曹溶五月降清，仍原官，六月授順天學政。(《清史列傳》)

順治三年　丙戌　西元一六四六

曹溶二月充會試監試官，奏請嚴防懷挾傳遞、移號換卷諸積弊。

三月遷太僕寺少卿。(《清史列傳》)

順治九年　壬辰　西元一六五二

朱彝尊之子朱昆田生。(《曝書亭集》)

順治十年　癸巳　西元一六五三

十月二十七日，汪森生。(儲大文〈撰戶部郎中貤封監察御史汪

君森墓誌銘〉)

順治十一年　甲午　西元一六五四

曹溶授太常寺少卿，尋遷左通政。(《清史列傳》)

順治十二年　乙未　西元一六五五

曹溶二月擢左副都御史，九月授廣東布政使。(《清史列傳》)

十月既望，朱彝尊遊橫山，題名于壁。後又偕祁應理等人遊柯山

寺。(《曝書亭集·橫山題名》)

丁澎中進士，官刑部主事，調禮部。(《國朝先正事略》)

順治十三年　丙申　西元一六五六

曹溶因舉動輕俘，例降一級，仍外用，因降山西陽和道。(《清史列傳》)

順治十四年　丁酉　西元一六五七

吳兆騫遣戍寧古塔，自此居塞上二十三年。(《清史列傳》)

丁澎充河南鄉試副考官，洊陞郎中。(《清史列傳》)

朱彝尊遊廣州在布政使曹溶所，赴東官有〈菩薩蠻〉詞。(《曝書亭集·江湖載酒集》)

順治十五年　戊戌　西元一六五八

龔翔麟生。(《清名家詞小傳》)

朱彝尊遊楊巖，並書姓名、歲月於龍祠之壁。又六月遊烏江，謁項王祠。(《曝書亭集》)

順治十七年　庚子　西元一六六〇

曹貞吉中解元，官禮部員外郎。(《文獻徵存錄》)

朱彝尊與宋實顯等人觀黃子久〈浮嵐暖翠圖〉於萊陽公寓。又冬觀許旌陽移居圖於雲門舟中，並題識於後。(《曝書亭集》)

清聖祖康熙元年　壬寅　西元一六六二

夏日，朱彝尊與曹爾堪游。(〈曝書亭詞序〉)

康熙三年　甲辰　西元一六六四

曹溶賀萬壽聖節至京師，條陳水利病例，疏言大同屯地積弊。(《清史列傳》)

朱彝尊過廣陵，投詩予王士禎。(王士禎〈竹垞文類序〉)。八月，朱彝尊至京師，渡居庸關，有〈百字令〉詞。(《江湖載酒集》)。又九月，至大同訪曹溶。(〈靜惕堂詞序〉)

曹貞吉中進士，官禮部郎中。(《清史列傳》)

康熙四年　乙巳　西元一六六五

秋九月，朱彝尊與曹溶、傅山同觀衡方碑、尹宙碑，朱並爲題識於後。(《曝書亭集》)

康熙五年　丙午　西元一六六六

朱彝尊在太原王顯祚幕。秋八月，拜隱泉山之子夏祠。(《曝書亭集・文水縣卜子祠堂記》)

錢芳標舉於鄉，官中書舍人。(沈德潛《國朝詩別裁集小傳》)

康熙六年　丁未　西元一六六七

朱彝尊與王士禎相遇於京師。(〈竹垞文類序〉)

二月，朱彝尊與王千之遊岵嶁寺。三月三日，與趙湛等人重游普祠，禊飲題名。六月，舟發江都，阻風瓜洲渡口，書〈開元太山銘跋〉。(《曝書亭集》)除夕，於燕京同表兄舟石、家兄夏士守歲，作〈八歸詞〉。(《江湖載酒集》)

朱彝尊客大同，與曹溶以詞相唱和，其後所作日多。(〈耒邊詞序〉)，云是年《靜志居琴趣》成。(楊謙作朱年譜)

康熙八年　己酉　西元一六六九

朱彝尊與周□、沈傅弓泛舟遊胥山。(《曝書亭集》)

李符春溯江西上省柁石頭城下，遇屈翁山。(《耒邊詞》)

康熙九年　庚戌　西元一六七〇

五月，朱彝尊泛舟蓮子湖，登歷下亭。秋九月九日，與顧炎武等人，於宛平孫氏研山齋觀李龍眠〈九歌圖〉卷，朱並題識卷末。(《曝書亭集》)

康熙十年　辛亥　西元一六七一

正月九日，朱彝尊與李良年等人登西山秘魔崖。(《曝書亭書》)

正月望後梅花開盛日，徐釚繪〈雲松圖〉爲既庭師補祝壽。(《菊莊詞・賀新郎詞序》)

康熙十一年　壬子　西元一六七二

六月，朱彝尊偕鄭旼遊福州長慶寺、鼓山。(《曝書亭集》)

曹貞吉作〈賀新涼〉詞寄家弟。(《珂雪詞》)

清明後一日，徐釚於維陽城店和壁上均作〈水龍吟〉詞。(《菊莊詞》)

康熙十二年　癸丑　西元一六七三

二月，朱彝尊與錢柏齡等人，遊房山北砦。(《曝書亭集》)

仲冬，丁澎爲龔鼎孳《定山堂詩餘》作序於錫山旅舍。(《定山堂詩餘》)

康熙十三年　甲寅　西元一六七四

曹溶爲朱彝尊寫〈竹垞圖〉。(《雲自在龕隨筆》)

中秋，曹溶同吳薗次痛飲。(《靜惕堂詞‧踏莎行詞序》)

中春，丁澎序《菊莊詞》。(《菊莊詞序》)

康熙十五年　丙辰　西元一六七六

徐釚刊《棠村詞》于錢塘。(饒宗頤《清詞年表稿》)

曹貞吉刊《珂雪詞》。(高珩〈珂雪詞序〉)

康熙十六年　丁巳　西元一六七七

朱彝尊自序《騰笑集》(《曝書亭集》)。是年有金陵之行。(王士禛〈竹垞文類序〉)

曹貞吉清明作〈賣花聲〉詞。(《珂雪詞》)

康熙十七年　戊午　西元一六七八

大學士李霨、杜立德、馮溥合疏薦曹溶舉博學鴻儒，溶以丁憂未赴。(《清史列傳》)

朱彝尊自江寧應召入都，與李良年同寓南泉寺，論詞甚契。(〈魚計莊詞序〉)

陳其年、蔣景祁訪朱彝尊于京師僧舍。朱彝尊序蔣景祁《梧月詞》。(《梧月詞序》)

朱彝尊《蕃錦集》成，柯維楨序刊之。（〈曝書亭詞序〉）

汪森序《詞綜》於裘杼樓，初刊二十六卷。（〈詞綜序〉）

錢芳標《碧湘詞》刊行。（饒宗頤《清詞年表稿》）

康熙十八年　己未　西元一六七九

正月十四夜，曹溶於揚州賦〈燭影搖江〉詞。（《靜惕堂詞》）

嚴繩孫以布衣舉博學鴻儒，試日遇目疾，僅賦〈省耕詩〉一首。聖祖素重其名，列二等末，授翰林院檢討，與修《明史》，充日講起居注官。（《清史列傳》）

朱彝尊應博學鴻詞科試，以布衣除檢討，纂修《明史》。（嚴繩孫撰〈朱竹垞先生事略〉）

朱彝尊登查山六浮閣。（〈六浮閣記〉）

李良年冒姓虞氏，名兆潢，舉博學鴻詞。（《四庫提要》）

秋，李符再客秣陵，復遇屈翁山，有感萍蹤乍聚。翁山又買騎北行，悵然賦送〈豐樂樓〉詞。（《耒邊詞》）

徐釚試博學鴻儒，授翰林院檢討，纂修《明史》。（《清史列傳》）

康熙十九年　庚申　西元一六八〇

學士徐文元薦曹溶佐修《明》史。（《清史列傳》）

閏中秋，曹貞吉和其年賦〈百字令〉，又閏八月作〈壽阮亭〉詞。（《珂雪詞》）

高士奇因特旨賜同博學鴻詞科，授額外翰林院侍讀，賜號竹窗。（《清代學人象傳》）

正月三日，汪森送仲兄還里，並將赴西湖讌集之約。（《桐扣詞·摸魚子詞序》）

康熙二十年　辛酉　西元一六八一

朱彝尊充日講起居注官。秋，充江南鄉試副考官。（嚴繩孫撰〈朱竹垞先生事略〉）

朱彝尊在吳，跋吳文定手抄本《尊前集》。（〈尊前集跋〉）

吳兆騫獲還鄉。(《清史列傳》)

龔翔麟順天鄉試乙榜,補兵部主事。(顧棟高撰〈御史龔翔麟傳〉)。初夏,將買騎北行,作〈邁陂塘〉詞,寄禾中朋好。(《紅藕莊詞》)

康熙二十一年　壬戌　西元一六八二

嚴繩孫充山西鄉試正考官。(《清史列傳》)

朱彝尊假歸。(《清史列傳》)

龔翔麟中副榜,官工部主事。(《杭州府志》)

龔翔麟刊《浙西六家詞》,陳維崧爲序。(《東城雜記》)

康熙二十二年　癸亥　西元一六八三

嚴繩孫遷右中允,尋告歸。(《清史列傳》)

朱彝尊入直南書房,命紫禁城騎馬,賜居禁桓東,數與內廷宴。(《國朝先正事略》)

朱彝尊序柯崇樸《振雅堂詞》。(〈振雅堂詞序〉)

高士奇補侍讀,充日講起居注官。(《清代學人象傳》)。又閏六月,序《信天巢遺槀》。(《四部要籍序跋大全‧信天巢遺槀序》)

康熙二十三年　甲子　西元一六八四年

吳兆騫卒,年五十四。(吳兆宜〈秋笳集序〉)

朱彝尊因私以小胥錄四方經進書,爲學士牛鈕所劾,降一級。(《清代學人象傳》)

多,朱彝尊觀趙子昂〈鵲華秋色圖〉于納蘭容若寓淥水亭,並爲畫作題。(《曝書亭集》)。又十二月,爲嚴繩孫詩作序。(〈嚴中允瀛台侍直詩序〉)

高士奇遷右春坊庶子,尋擢翰林院侍講學士。(《國朝詩別裁集小傳》)

康熙二十四年　乙丑　西元一六八五

曹溶卒，年七十三。（《清史列傳》）

二月望日，朱彝尊跋桂林府石刻元祐黨籍。（《曝書亭序》）

曹溶〈古今詞話序〉：「歲在乙丑，余來金閶，偶僧沈子出示詞話，丹崖江子力爲贊成。」

高士奇轉侍讀學士，充《大清一統》副總裁官。（《國朝詩別裁集小傳》）

康熙二十六年　丁卯　西元一六八七

高士奇遷詹事府少詹事。（《清史列傳》）

汪森挈猶子司馬燿走嶺瀧六千里，達高興。（儲大文撰〈汪君森墓誌銘〉）

康熙二十七年　戊辰　西元一六八八

徐釚刊詞苑叢談十二卷。（《蛾術齋刊本》）

康熙二十八年　己巳　西元一六八九

李符卒于福州，年五十一。（《清名家詞小傳》）

朱彝尊與錢葆酚相逢。（《江湖載酒集·十拍子詞序》）

高士奇從聖祖南巡，至杭州，駕幸士奇之西溪山莊，賜御書「竹窗」扁額。（《清史列傳》）

康熙二十九年　庚午　西元一六九〇

朱彝尊補原官，尋乞假歸。（《國朝先正事略》）

康熙三十年　辛未　西元一六九一

汪森裒抒樓再刊《詞綜》。（〈詞綜序〉）

康熙三十一年　壬申　西元一六九二

五月二日，厲鶚生於杭城東園。（〈東城什記自敘〉）

朱芳藹與恂堂泛湖，作〈瑤華〉詞，以志清游。（王昶《國朝詞綜》錄〈瑤華詞序〉）

康熙三十二年　癸酉　西元一六九三

朱彝尊爲錢塘高詹事《江村銷夏錄》刊序。又爲〈尙書宣示帖〉作跋，並以書示兒子昆田。九月，游餘杭洞霄宮。(《曝書亭集》)

秋八月，汪森蕰任判桂林府司糧兌。(儲大文撰〈汪君森墓誌銘〉)

康熙三十三年　甲戌　西元一六九四

李良年卒，年六十。(《清史列傳》)

徐釚序傅燮詷《詞覯》。(〈詞覯序〉)

高士奇至京修書，仍直南書房。(《清代學人象傳》)

龔翔麟考選陝西道御史，疏請以諸稅口交府縣徵收。(《杭州府志》)

康熙三十四年　乙亥　西元一六九五

徐釚刊《菊莊詞》。(王嗣槐〈菊莊詞序〉)

康熙三十五年　丙子　西元一六九六

九月，朱彝尊留山陰，舍莫氏之居，因遊羊石山。(《曝書亭集》)

曝書亭築成。(馮登府《種芸仙館詞・百字令詞注》)

康熙三十六年　丁丑　西元一六九七

六月，朱彝尊居長水，賦紅蓮並頭花，作〈綺羅香〉詞。又九月九日，與譚十一登會夳山。(〈道珍堂記〉)

高士奇以養母乞歸，特授詹事，允其請。(《清史列傳》)

康熙三十七年　戊寅　西元一六九八

曹貞吉卒，年六十五。(《清名家詞小傳》)

高士奇重刊《絕妙好詞》。(《清詞年表稿》)

康熙三十八年　己卯　西元一六九九

朱彝尊子昆田卒，年四十八。(《清史列傳》)

朱彝尊作五舫記、序曝書亭著錄。又夏日見會稽山禹廟穸石題字，而題識其後。(《曝書亭集》)

聖祖南巡，賜御書詔徐釚復原官起用，徐以病不就。（《清代學人象傳》）

康熙三十九年　庚辰　西元一七〇〇年

汪森遷太平府司糧補。（儲大文撰〈汪君森墓誌銘〉）

康熙四十一年　壬午　西元一七〇二年

嚴繩孫卒，年八十。（《清史列傳》）

沈岸登卒。（《清名家詞小傳》）

朱彝尊〈聯句王處士書折枝紅豆圖。〉又六月，寓慧慶寺，跋吳寶鼎甄字。（《曝書亭集》）

春，汪森攝太平府土司。（儲大文撰〈汪君森墓誌銘〉）

康熙四十二年　癸未　西元一七〇三年

高宗親製詩篇，題識朱彝尊《經義考》卷首。（嚴繩孫撰〈朱竹垞先生事略〉）

高士奇在家授禮部侍郎，以母老未赴。（《清代學人象傳》）

康熙四十三年　甲申　西元一七〇四年

六月，高士奇卒於家，年六十。（《清史列傳》）

三月，朱彝尊與同里沈秀才自林屋洞門步行至包山寺。（《曝書亭集》）

康熙四十四年　乙酉　西元一七〇五年

聖祖特恩賜高士奇，諡文恪。（《清史列傳》）

康熙四十五年　丙戌　西元一七〇六年

朱彝尊至吳江祝徐釚七十之壽，作〈二老垂綸圖〉。後又爲洪遵《翰院群書》、陳莆田《九朝編年備要》題跋。（《曝書亭集》）

康熙四十六年　丁亥　西元一七〇七年

朱彝尊過徐釚豐草亭，見沈伯安《古今詞譜》，爲題其後。後又

書〈景定建康志跋〉。夏五月，跋李紫篔卷。又秋七月，作〈杭
州洞霄宮提舉題名記〉。(《曝書亭集》)

朱芳藹閏七夕客舍揚州。(《國朝詞綜》錄〈解連環詞序〉)

內府刊行《歷代詩餘》一百二十卷。(《清史》)

康熙四十七年　戊子　西元一七○八年

徐釚卒，年七十三。(《清史列傳》)

朱彝尊跋〈唐龍門奉先寺盧舍那像龕記〉。又二月，見〈唐崇仁
寺陀羅尼石幢記〉，爲識其末。後又跋李悔菴《明正音》。(《曝書
亭集》)

康熙四十八年　己丑　西元一七○九年

十月，朱彝尊卒，年八十一。(陳廷跋撰〈日講官起居注翰林院
檢討朱公彝尊墓誌銘〉、嚴繩孫撰〈朱竹垞先生事略〉、《清史列
傳》)

康熙四十九年　庚寅　西元一七一○年

六月，厲鶚自題〈游仙詩百詠〉。(《樊榭山房集》)

康熙五十二年　癸巳　西元一七一三年

季夏八日，厲鶚自序《樊榭山房集外詩》于寄圃之半舫齋。(〈樊
榭山房集外詩序〉)

康熙五十三年　甲午　西元一七一四年

厲鶚有〈游無門洞〉等詩作二十三首。(《樊榭山房集》)

康熙五十四年　乙未　西元一七一五年

厲鶚作〈沙河〉等詩二十七首。(《樊榭山房集》)

康熙五十五年　丙申　西元一七一六年

錢芳標刊《湘瑟詞》。(《清詞年表稿》)

厲鶚有〈感秋〉等詩作十五首。(《樊榭山房集》)

康熙五十六年　丁酉　西元一七一七年

　　厲鶚有〈西溪汎舟遇雪〉等詩作十六首。(《樊榭山房集》)

　　清明，厲鶚作〈百字令〉詞。(《樊榭山房詞》)

康熙五十七年　戊戌　西元一七一八年

　　厲鶚有〈春寒〉等詩作四十首。(《樊榭山房集》)

　　三月二十二日，厲鶚汎湖用清眞韻，作〈惜春餘〉詞。又五月十
　　八日泛舟碧浪湖，作〈夢芙蓉〉詞。又閏中秋，作〈永遇樂〉詞。
　　(《樊榭山房詞》)

康熙五十八年　己亥　西元一七一九年

　　厲鶚有〈南湖晚望〉等詩作四十五首。(《樊榭山房集》)

　　初春，厲鶚過太湖。(〈摸魚兒詞序〉)。又暮春遊梁溪寄暢園。(〈滿
　　庭芳詞序〉)

康熙五十九年　庚子　西元一七二〇年

　　厲鶚有〈水樂洞〉等詩作二十九首。(《樊榭山房集》)

　　厲鶚舉於鄉。(《杭州府志》)。又十二月二十四日宿濟南敖陽店，
　　寒甚，有懷故園節物，作〈淒涼犯〉詞。(《樊榭山房集》)

康熙六十年　辛丑　西元一七二一年

　　厲鶚有〈河閒懷古〉等詩作四十首。(《樊榭山房集》)

　　三月二十五日，厲鶚序〈煙草唱和詩〉。(〈煙草唱和詩序〉)。又
　　元夕於長安，與王雪子等集汪西亭水部御齋。(〈慶清潮慢詞
　　序〉)。又九月既望，遊秋雪庵，向晚宿西溪田舍。(〈憶舊游序〉)

康熙六十一年　壬寅　西元一七二二年

　　厲鶚有〈人日雪〉等詩作十二首。(《樊榭山房集》)

　　立春，厲鶚作〈賣花聲〉詞。又春分約徐紫山同賦〈綺羅香〉詞。
　　(《樊榭山房集》)

　　十二月九日，厲鶚爲《絕妙好詞》作題跋於無盡意齋。(《絕妙好

詞箋》）

厲鶚《秋林琴雅》由宛平瓮禧。（《履吉》）刊行。厲氏時年三十
一。（《樊榭山房集》）

清世宗雍正元年　癸卯　西元一七二三年

厲鶚有〈春雨夜坐〉等詩作四十八首。（《樊榭山房集》）

二月九日，厲鶚遊京城西開元宮。（〈木蘭花慢詞序〉）

雍正二年　甲辰　西元一七二四年

王昶生。（阮元撰〈誥授光祿大夫刑部右侍郎述庵王公神道碑〉）

厲鶚有春來等詩作四十五首。（《樊榭山房集》）

六月八日，厲鶚將北游，用白石道人韻，歌〈念奴嬌〉以志別。
（《樊榭山房集》）。又冬杪南歸，過邗城。（〈定風波詞序〉）

雍正三年　乙巳　西元一七二五年

厲鶚有〈秋雨雜述〉等詩作三十二首。（《樊榭山房集》）

早春，厲鶚過吳門，賦〈琵琶仙〉詞。又二月四日，與友遊揚州
康對山吳寓。（〈琵琶仙詞序〉）。又三月二十三日，客揚州。（〈掃
花游詞序〉）

雍正四年　丙午　西元一七二六年

十一月八日，汪森卒，年七十四。（儲大文撰〈汪君森墓誌銘〉）

二月，朱彝尊遊天龍山，道經晉祠（〈游晉祠記〉）。又三月，率
土人燎薪以入視太原縣風峪石刻佛經，並作記。（《曝書亭集》）

厲鶚有〈梵天寺〉等詩作二十五首。（《樊榭山房集》）

雍正五年　丁未　西元一七二七年

六月，汪森葬於海寧縣陝石鎮之紫微山陽。（儲大文撰〈汪君森
墓誌銘〉）

厲鶚有〈西湖春雨〉等詩作四十一首。（《樊榭山房集》）

始春，厲鶚客吳興，曾遊愛山台。（〈一萼紅詞序〉）。又五月二十

五日遊西湖（〈水龍吟詞序〉）。冬杪，客蕪城，將歸，作〈意難
忘〉詞。（《樊榭山房集》）

厲鶚於竹垞生日，爲朱氏〈說舟〉一文題詞于無盡意齋。（〈湖船
錄〉題詞）

雍正六年　戊申　西元一七二八年

厲鶚有〈春日湖上〉等詩作三十二首（《樊榭山房集》）。又三月
自序〈東城雜記〉。（黃蓉泉《北隅掌錄》）。

又四月十五日，同吳尺鳧游西山，入龍泓洞。（《樊榭山房集》）

雍正七年　己酉　西元一七二九年

厲鶚有〈荊溪道中〉等詩作三十三首。（《樊榭山房集》）

雍正八年　庚戌　西元一七三〇年

厲鶚有〈秋夕〉等詩作三十六首。又二月十日，與丁敬身等人登
寶石山天然圖書閣。四月十八日，汎舟紅橋，登平山堂。五月十
三日，同丁敬身游智果寺。（《樊榭山房集》）

雍正九年　辛亥　西元一七三一年

厲鶚有〈石八郎祠〉等詩作二十二首。（《樊榭山房集》）

厲鶚以有司薦入通志館，與張雲錦定交。（張雲錦撰〈厲鶚墓表〉）

雍正十年　壬子　西元一七三二年

厲鶚有〈酒蟹〉等詩作二十一首。（《樊榭山房集》）

厲鶚遷居南湖。（《北隅掌錄》）。又冬至後三日，過馬半槎齋。（〈國
香慢詞序〉）

雍正十一年　癸丑　西元一七三三年

龔翔麟卒，年六十二。（《清名家詞小傳》）

厲鶚有〈南湖雨中〉等詩作三十首。（《樊榭山房集》）

重午，厲鶚於淮南用吳夢窗韻，作〈澡蘭香〉詞。（《樊榭山房集》）。

又除夕，序《一角編》于南湖花隱。（〈一角編序〉）

雍正十二年　甲寅　西元一七三四年

厲鶚有〈過平望懷王戴陽〉等詩作二十五首。(《樊榭山房集》)

雍正十三年　乙卯　西元一七三五年

厲鶚有〈西溪曉起〉等詩作十七首。(《樊榭山房集》)

厲鶚重客茗溪，寓鮑氏溪樓，中秋納妾。(諸遲鞠《璞齋集·溪樓延月補圖題記》)。又寒食日，汎船歸自西溪，憩於古蕩，遊屠墟廟。(《屠虛廟志》)。夏閏，與杭大宗過吳興沈繹旂府。(《金山小隱圖記》)。又多日，同抱樸載酒過湖，酹耕民殯宮。(〈浣溪沙詞序〉)

清高宗乾隆元年　丙辰　西元一七三六年

厲鶚薦舉博學鴻詞，誤寫論在詩前，遂罷歸。(《杭州府志》)

厲鶚抵京師，作〈授衣〉賦。又秋七月十日，行郊城道上，書〈蕙蘭芳引〉詞于旗壁亭。(《樊榭山房集》)

厲鶚有〈西湖柳枝詞〉等詩作十五首。又與王戴陽同被徵，相見于都下。(《樊榭山房集》)

乾隆二年　丁巳　西元一七三七年

厲鶚有施竹田移居等詩作五十一首。又秋日舟過荷葉浦作〈杏花天影〉詞。二月一日，汎舟西溪。八月二十五日，病起汎西湖。閏九日，客廣陵。(《樊榭山房集》)

乾隆三年　戊午　西元一七三八年

厲鶚有〈哭沈東甫〉等詩作十二首。又正月九日夜，同友人集飲繡谷。又暮春，汎舟揚州紅橋，同授衣、廉風聯句作〈醉太平〉詞。又十月十七日再遊紅橋。初冬，與趙谷林相會於邗城。(《樊榭山房集》)

乾隆四年　己未　西元一七三九年

厲鶚有〈玉泉寺題壁〉等詩作二十一首。又三月十八日，游南屏

山。五月二十八日，渡太湖至吳江。（《樊榭山房集》）

厲鶚遊吳山燈市。（〈步月詞序〉）

乾隆五年　庚申　西元一七四○年

厲鶚有〈暮至西溪寫望〉等詩作三十五首。（《樊榭山房集》）

厲鶚移居蘗公古社。（《北隅掌錄》）

乾隆六年　辛酉　西元一七四一年

厲鶚有〈精進林〉等詩作四十六首。（《樊榭山房集》）

乾隆七年　壬戌　西元一七四二年

厲鶚有〈悼亡姬〉等詩作七十首。又九月三日，曉行西馬塍。十二月十五日，雪中觀蜀廣政石經殘本。（《樊榭山房集》）

乾隆八年　癸亥　西元一七四三年

厲鶚為西顥序《盤西紀遊集》。（〈盤西紀遊集序〉）。又有〈秋齋夜宿〉等詩作一百零三首。又五月二日，集小玲瓏山館，觀李遵道〈古木幽篁圖〉。又多日，游廣陵北郊。（《樊榭山房集》）

乾隆九年　甲子　西元一七四四年

厲鶚有〈青溪歡〉等詩作五十一首。又五月二日，同巘谷、半槎集小玲瓏館，題〈五毒圖〉。（《樊榭山房集》）

乾隆十年　乙丑　西元一七四五年

厲鶚為揚州寓公，以倚聲倡，從而和者數家。（王昶〈梅鶴詞序〉）

厲鶚有〈千斤池〉等詩作七十二首。又正月四日，遊天竺寺。（《樊榭山房集》）

乾隆十一年　丙寅　西元一七四六年

吳錫麒生。（《清名家詞小傳》）

厲鶚有〈白雲山房看梅〉等詩作五十三首。（《樊榭山房集》）

乾隆十二年　丁卯　西元一七四七年

厲鶚有〈桐塢〉等詩作四十一首。又同全謝山遊城東報國院。（《樊
榭山房集》）。又仲秋，過石湖。（〈題文待詔石湖詩畫二首〉、〈同
嶰谷兄弟作詩〉自註。）

王昶初識江賓谷于泰淮水榭。（〈王氏梅鶴詞序〉）。又春仲，送廖
觀揚入都，作〈摸魚兒〉詞。（《琴畫樓詞》）

乾隆十三年　戊辰　西元一七四八年

厲鶚有〈望蜀山湖〉等詩作八十二首。又閏七夕，與汪西顥、查
蓮坡集水琴山畫堂。（《樊榭山房集》）

厲鶚與查爲仁同撰《絕妙好詞箋》于天津。（〈絕妙好詞箋序〉）

四月二十五日，吳錫麒應部試，頻伽齋題〈春山霽玉圖〉，作〈洞
仙歌詞〉。（《江上尋煙語》）

乾隆十四年　己巳　西元一七四九年

厲鶚有〈元日試筆〉等詩作六十三首。又二月十五夜，泛月三潭。
（《樊榭山房集》）

乾隆十五年　庚午　西元一七五〇年

厲鶚有〈寄吳鳴皋〉等詩作三十二首。（《樊榭山房集》）

查氏子善長、善如刻《絕妙好詞箋》，徐樹農任校勘。（《絕妙好
詞箋查氏跋》）

乾隆十六年　辛未　西元一七五一年

三月，厲鶚與張雲錦過昭慶寺。（張雲錦撰〈厲氏墓表〉）

厲鶚有〈夜宿雲溪菴〉等詩作二十首。（《樊榭山房集》）

乾隆十七年　壬申　西元一七五二年

九月，厲鶚卒，年六十一。（張雲錦撰〈厲氏墓表〉）

王昶寓朱氏蘋華水閣，研練四聲二十八調。（〈琴畫樹詞鈔序〉）。
又仲春月夜，與企晉同寓秦淮，俊流並集，文酒流連，數年來所
未有，又約爲牛頭雙闕諸山之游，因作〈暗香〉詞誌之。（《琴畫

樓詞》)

乾隆十八年　癸酉　西元一七五三年

王昶舉江南鄉試。(秦瀛撰〈刑部侍郎蘭泉王公墓誌銘〉)。又秋，獲鄭禹谷詞。(〈法曲獻仙音詞序〉)。

乾隆十九年　甲戌　西元一七五四年

王昶中進士。(管同〈資政大夫刑部右侍郎王公行狀〉)

王昶與秋汀見於如臯。(《玉漏遲詞註》)。又上元前三日，與家人飲酒賞梅。(〈離亭燕詞序〉)

乾隆二十一年　丙子　西元一七五六年

王昶赴揚州兩淮運使盧見曾之招。(《清史列傳》)

乾隆二十二年　丁丑　西元一七五七年

王昶授內閣中書，爲盧運使撰《紅橋小志》。(秦瀛撰〈刑部侍郎蘭泉王公墓誌銘〉)。又自此以後三年與稼翁同寓邗溝。(〈百令詞註〉)。又上元前一日，填〈早梅芳近〉詞，賦〈邗溝朝花新柳〉。(〈琴畫樓詞〉)

乾隆二十三年　戊寅　西元一七五八年

王昶補內閣中書。(《清代學人象傳》)

乾隆二十四年　己卯　西元一七五九年

八月，王昶充順天鄉試考官。十一月，在軍機司員上行走。(《江藩漢學師承記》)

乾隆二十五年　庚辰　西元一七六〇年

八月，王昶充順天鄉試同考官。(《國朝詩人徵略》)。又立夏日過法源寺。(〈采蓮詞序〉)

乾隆二十六年　辛巳　西元一七六一年

三月，王昶充會試同考官。(《清史列傳》)

乾隆二十七年　壬午　西元一七六二年

八月，王昶充順天鄉試同考官。（江藩《漢學師承記》）。又春分賦〈探春令〉詞。（《琴畫樓詞》）

乾隆二十八年　癸未　西元一七六三年

三月，王昶充會試同考官。（管同〈資政大夫刑部右侍郎王公行狀〉）

乾隆二十九年　甲由　西元一七六四年

三月，王昶擢刑部山東司主事，辦理秋審事。（《春融堂集》）

乾隆三十年　乙酉　西元一七六五年

三月十九日，王昶賦〈浣溪沙〉詞。（《琴畫樓詞》）

乾隆三十一年　丙戌　西元一七六六年

王昶遷浙江司員外郎署郎中。（《清史列傳》）

乾隆三十二年　丁亥　西元一七六七年

郭麐生。（《清史列傳》）

曹言純生。（《清詞年表稿》）

五月，王昶升江西司郎中。（秦瀛撰〈刑部侍郎蘭泉王公墓誌銘〉）

乾隆三十三年　戊子　西元一七六八年

四月，王昶以京察一等記名，以道府用。七月，以漏洩查辦兩淮鹽引一案、奉旨革職。九月，應總督阿桂請，往雲南。又是冬，在叢台驛作〈思遠人〉詞。（《春融堂集》）

乾隆三十六年　辛卯　西元一七七一年

九月，王昶赴成都，渡江門驛，風水甚厲，中至瀘州小憩，作〈渡江雲〉詞。十月，赴四川。十一月，補吏部考功司主事。（《春融堂集》）

乾隆三十七年　壬辰　西元一七七二年

春，吳錫麒歸自嚴江，得姚春漪〈游吳門留別〉之作，悵然於懷，作〈玉漏遲〉詞寄之。(《佇月樓琴言》)。又三月，與黃玉階坐跨虹橋上。(〈夢橫塘詞序〉)

十二月，王昶以吏部員外郎用。(管同撰〈資政大夫刑部右侍郎王公行狀〉)

乾隆三十八年　癸巳　西元一七七三年

六月望前二日，王昶讀徐袖東〈詠桃〉樂府，猶見樊榭之風，喜而和其韻，作〈沁園春〉詞。(《琴畫樓詞》)

乾隆三十九年　甲午　西元一七七四年

清明，吳錫麒作〈掃花遊〉詞。(《佇月樓琴言》)

王昶因阿桂保奏，以本部郎中升用。(《清史列傳》)

乾隆四十年　乙未　西元一七七五年

吳錫麒中進士，選庶吉士散館編修。(《國朝先正事略》)。又正月十四日，於姑蘇道中，作〈翠樓吟〉詞。(《佇月樓琴言》)

王昶補文選司郎中。(管同撰〈資政大夫刑部右侍郎王公行狀〉)

乾隆四十一年　丙申　西元一七七六年

王昶升鴻臚寺卿。七月，授通政司副使。(《春融堂集》)

正月，王昶回至成都，游青羊宮。(〈絳都春詞序〉)

乾隆四十二年　丁酉　西元一七七七年

王昶選大理寺卿。(秦瀛撰〈刑部侍郎蘭泉王公墓誌銘〉)

乾隆四十三年　戊戌　西元一七七八年

王昶輯刊《琴畫樓詞抄》。(饒宗頤《清詞年表稿》)

乾隆四十四年　己亥　西元一七七九年

王昶擢都察院左副都御史。(《國朝詩人徵略》)。又秋晚，乞假將滿，回日下，於柿葉山房留別張玉壘。(〈夢芙蓉詞序〉)

乾隆四十五年　庚子　西元一七八〇年

三月，王昶江西按察使。八月，丁母憂回籍。(阮元《揅經室二集》)

仲夏，王昶雨中至南昌百花洲，挑鐙作〈清波引〉詞。(《琴畫樓詞》)

乾隆四十八年　癸卯　西元一七八三年

馮登府生。(《清名家詞小傳》)

二月，王昶服闋，補直隸按察使。三月，調陝西按察使。(《清史列傳》)。七月五日，臥疾將起，感而作〈聲聲慢〉詞，兼寄姚雪門臬使湖南。(《琴畫樓詞》)

乾隆四十九年　甲辰　西元一七八四年

吳錫麒分校禮部試。(《清史列傳》)。又多杪，乞假南歸，作消息詞，寄故鄉知好。(《佇月樓琴言》)

乾隆五十年　乙巳　西元一七八五年

暮春，吳錫麒過揚州，作〈滿江紅〉詞。(《鐵撥餘音》)

王昶署陝西布政使。(《清代學人象傳》)

乾隆五十一年　丙午　西元一七八六年

臘月初三日，王昶過開封，追憶舊友，作〈長亭怨〉詞。(《琴畫樓詞》)

乾隆五十三年　戊申　西元一七八八年

除夕，吳錫麒作〈送我入門來〉詞。(《鐵撥餘音》)

王昶調江西布政使。(《清史列傳》)。四月，監騰越城工，時緬甸進貢。(〈應天長詞序〉)

乾隆五十四年　己酉　西元一七八九年

二月，王昶刑部右侍郎。(秦瀛撰〈刑部侍郎蘭泉王公墓誌銘〉)。初夏，過徐州。(〈三部樂詞序〉)

乾隆五十五年　庚戌　西元一七九〇年

吳錫麒分校禮部試。(《清史列傳》)

王昶赴湖南湘鄉縣，湖北應城縣、江陵縣、永明縣、長沙縣辦案。
(《春融堂集》)

乾隆五十六年　辛亥　西元一七九一年

春，王昶過西坪，有感風景蕭然，作〈數風〉詞。(《琴畫樓詞》)

乾隆五十七年　壬子　西元一七九二年

七月，王昶遷雲南布政使。八月，充順天鄉試考官。(《清史列傳》)

乾隆五十八年　癸丑　西元一七九三年

三月十二日，王昶回鄉省墓，隨以原品致政，退居三泖湖。(秦
瀛撰〈刑部侍郎蘭泉王公墓誌銘〉)。又初冬，舟過玉峯，題葉書
城繡餘詞草。(〈擊梧桐詞序〉)

乾隆六十年　乙卯　西元一七九五年

吳錫麒升贊善。(《清代學人象傳》)

郭麐赴京兆試，主金光悌家。(《郭麐撰〈金仲蓮墓誌銘〉)

清仁宗嘉慶元年　丙辰　西元一七九六年

吳錫麒在上書房行走，課皇孫讀，旋升侍講轉侍讀。(《國朝詩人
徵略》)

阮元重構曝書亭。(馮登府《重芸仙館詞·百字令詞註》、李富孫
《校經廎文稿》)

嘉慶二年　丁巳　西元一七九七年

吳錫麒乞假歸養，尋丁父憂。(《清史列傳》)

嘉慶三年　戊午　西元一七九八年

項鴻祚生。(《清名家詞小傳》)

初夏，王昶夜宿樂圃中，留題于壁。(《湘月詞序》)

嘉慶四年　己未　西元一七九九年

王昶與錢同人等遊橫雲并佘山知止山莊。(〈掃花游詞序〉)

嘉慶五年　庚申　西元一八○○年

吳錫麒服闋入都,擢庶子。(《有正味齋尺牘》)

八月二十日,王昶坐敷文書院講德齋前賞桂花。(〈玉京秋詞序〉)

嘉慶六年　辛酉　西元一八○一年

五月,吳錫麒升國子監祭酒。八月,以養母假歸回籍。(《國朝詩人徵略》)

嘉慶七年　壬戌　西元一八○二年

中秋,吳錫麒平遠山房待月,作〈永遇樂〉詞。(《三影亭寫生譜》)。又春,感懷舊友,屬〈沁園春〉詞。(《鐵撥餘音》)

八月,王昶自刻《國朝詞綜》。十月,刻《明詞綜》于三泖漁莊,並自作序。(《國朝詞綜序、明詞綜序》)。又延陶凫香等校勘所撰《金石萃編》、詩文兩集、及《湖海詩傳》、《續詞綜》諸書。(《歷代名人年譜》)

嘉慶八年　癸亥　西元一八○三年

七月,吳錫麒館於松江講舍。(〈石湖仙詞序〉)

王昶《湖海詩傳》刊竣。(《歷代名人年譜》)

郭麐刊行《蘅夢詞》,《浮眉樓詞》。(〈靈芬館詞序〉)

嘉慶九年　甲子　西元一八○四年

十月,郭麐靈芬館雜著刊竣。(《陳斌序靈芬館雜著》)

嘉慶十年　乙丑　西元一八○五年

春,吳錫麒過吳門,題汪瀚雲〈游虎邱山紀勝圖〉。(〈憶舊游詞序〉)

郭麐作〈壽春樓〉詞,題〈壽春樓圖〉;作〈洞仙歌〉,題〈聽香圖〉。(《浮眉樓詞》)

嘉慶十一年　丙寅　西元一八〇六年

五月，王昶病瘟。六月初六，病甚，口授謝恩表，自定喪禮，屬阮元撰神道碑。六月七日卒，年八十三。(秦瀛撰〈刑部侍郎蘭泉王公墓誌銘〉、阮元《揅經室二集》)

七夕，郭麐作〈高陽台〉詞。(《懺餘綺語》)

嘉慶十二年　丁卯　西元一八〇七年

二月十七日，王昶孫葬昶於崑山縣雪葭灣年字圩，即公生時所營生壙。(阮元《揅經室二集》)

郭麐校定《懺餘綺語》。(《靈芬館集》)

嘉慶十三年　戊辰　西元一八〇八年

吳錫麒作〈霓裳中序第一〉詞，題鄭書常〈吳山雅集圖〉。(《江上尋煙語》)

嘉慶十六年　辛未　西元一八一一年

郭麐作〈月華清〉詞，題〈蘭村蒼山話月圖〉。(《靈芬館集》)

嘉慶十九年　甲戌　西元一八一四年

五月，吳錫麒奉旨以唐人文集發揚州校刊。(〈一萼紅詞序〉)

李富孫序所著《曝書亭集詞註》。(《梅逕廎全書》中)

嘉慶二十年　乙亥　西元一八一五年

七月二十八日，吳錫麒於屏洲王柳村居流連竟日，因作〈摸魚子〉詞以貽之。(《紅橋笛唱》)

嘉慶二十一年　丙子　西元一八一六年

秋，郭麐靈《芬館詩話》刊行。(孫均序《靈芬館詩話》)

嘉慶二十二年　丁丑　西元一八一七年

吳錫麒子清鵬，以第三人及第。(《清代學人象傳》)

嘉慶二十三年　戊寅　西元一八一八年

吳錫麒卒，年七十三。(《清史列傳》)

馮登府中順天舉人。(《嘉興府志》)

嘉慶二十五年　庚辰　西元一八二〇年

馮登府中進士，以庶常改授江西將樂縣知縣，不兩月，因親病解綏去。(《嘉興府志》)

清宣統道光二年　壬午　西元一八二二年

十二月二十二日，郭麐遇火難，所著皆盡。後得友人掇拾，開以鈔寄，而成《爨餘詞》。(郭麐〈爨餘詞後記〉)

道光三年　癸未　西元一八二三年

四月十六日，馮登府改官閩中，留別都下諸同年，作〈滿江紅〉詞。(《種芸仙館詞》)

小除夕，項鴻祚《憶雲詞甲稿》刊行。(〈憶雲詞甲稿自序〉)

道光六年　丙戌　西元一八二六年

曝書亭又重修。(〈種芸仙館百字令詞註〉)

道光七年　丁亥　西元一八二七年

重修曝書亭落成，并添置酸酸三楹，馮登府用竹翁寫曹秋岳畫竹坨圖詞韻，作〈百字令詞〉。(《種芸仙館詞》)

道光八年　戊子　西元一八二八年

十一月十七日，項鴻祚自序《憶雲詞乙藁》。(〈憶雲詞乙藁自序〉)

馮登府自刊詞集。(〈種芸仙館詞自序〉)

錢塘徐楙重刊厲鶚《絕妙好詞箋》附《續鈔》二卷。(徐氏〈絕妙好詞箋跋〉)

道光九年　己丑　西元一八二九年

馮登府在閩自刻近詞，曰《釣船笛》。(〈洞仙歌詞序〉)

項鴻祚是冬編次《憶雲詞丙藁》。(〈憶雲詞丙藁自序〉)

除夕，郭麐閱曹言純《削縷詞》，有〈和周晉仙明日新年〉一闋，輒和其韻，作〈浪淘沙〉詞。(《爨餘詞》)

道光十一年　辛卯　西元一八三一年

郭麐卒，年六十。(馮登府撰〈郭君墓誌銘〉)

仲冬，馮登府三至蚶城，重檢志事寓居。(〈高陽台詞序〉)

道光十二年　壬辰　西元一八三二年

項鴻祚舉於鄉。(譚獻撰〈項君小傳〉)

秋，馮登府作〈行香子〉詞，雜憶勺園風物。(《種芸仙館詞》)

道光十三年　癸巳　西元一八三三年

除夕，馮登府寄都下故人，即題〈宴歲團圞圖〉，作〈沁園春〉詞。(《月湖秋瑟》)。又刊石經閣叢書，附詞集。(饒宗頤《清詞年表稿》)

項鴻祚下第南歸。(〈憶雲詞丁薰自序〉)

道光十四年　甲午　西元一八三四年

項鴻祚自序《憶雲詞丙薰》於焦琴舊館(〈憶雲詞丙稿自序〉)。又春，葺爨餘老屋數椽。(〈憶雲詞丁稿自序〉)

道光十五年　乙未　西元一八三五年

正月，項鴻祚再上春官不第。(《清史列傳》)。閏六月二十一日，自序《憶雲詞丁稿》。(〈憶雲詞丁稿自序〉)。尋病卒，年三十八。(譚獻撰〈項君小傳〉)

馮登府序葉薌申《小庚詞》。(〈小庚詞序〉)

道光十七年　丁酉　西元一八三七年

曹言純卒，年七十一。(饒宗頤《清詞年表稿》)

道光二十一年　辛丑　西元一八四一年

馮登府卒，年五十九。(《清名家詞小傳》)

道光二十七年　丁未　西元一八四七年

　　徐釚《詞苑叢談》由海山仙館刊行。(《清詞年表稿》)

清德宗光緒五年　己卯　西元一八七九年

　　許增刊郭麐《靈芬館詞》。(《清詞年表稿》)

光緒十年　甲申　西元一八八四年

　　項鴻祚《憶雲詞》刊入《榆園叢刊》。(《清詞年表稿》)

參考書目

一

1. 《詞綜》，朱彝尊編，《四部備要》本。
2. 《明詞綜》，王昶編，《四部備要》本。
3. 《國朝詞綜初集、二集》，王昶編，《四部備要》本。
4. 《國朝詞綜續編》，黃燮清編，《四部備要》本。
5. 《清名家詞》，陳乃乾輯，開明版。
6. 《詞學叢書》，楊家駱編，世界版。
7. 《詞林紀事》，張思巖輯，河洛版。
8. 《詞壇紀事》，李良年著，廣文版。
9. 《詞選》，鄭因百編注，華岡版。
10. 《續詞選》，鄭因百編注，華岡版。
11. 《絕妙好詞箋》，查為仁、厲鶚同箋，《四部備要》本。
12. 《宋詞三百首箋注》，唐圭璋注，廣文版。
13. 《姜白石詞編年校箋》，夏承燾著，中華版。
14. 《學海類編》，曹秋岳輯，文源版。
15. 《唐宋明家詞選》，龍沐勛輯，開明版。
16. 《全清詞鈔》，葉公綽編，河洛版。

二

1. 《詞話叢編》，唐圭璋編，廣文版。
2. 《景午叢編》，鄭因百著，中華版。

3. 《詩詞散論》，繆鉞著，開明版。

4. 《中國詩詞演進史》，嵇哲著，華聯版。

5. 《詞曲史》，王易著，廣文版。

6. 《宋詞通論》，薛礪若著，開明版。

7. 《讀詞偶得》，俞平伯著，開明版。

8. 《詞曲研究》，盧冀野著，中華版。

9. 《詞學通論》，吳梅著，商務版。

10. 《作詞十法疏證》，任中敏著，西南版。

11. 《詩詞曲作法講話》，王子武著，洪氏版。

12. 《論清詞》，賀光中著，鼎文版。

13. 《清詞金荃》，汪中著，文史哲版。

14. 《中國詩詞論》，劉麟生著，清流版。

15. 《中國文學批評史大綱》，朱東潤著，開明版。

16. 《中國文學批評通論》，傅更生著，經氏版。

17. 《清代文學批評史》，青木正兒著、陳淑女譯，開明版。

18. 《常州派詞學研究》，吳宏一著，嘉新水泥文化基金會。

三

1. 《曝書亭集》，朱彝尊著，《四部備要》本。

2. 《樊榭山房集》，厲鶚著，《四部備要》本。

3. 《靈芬館集》，郭麐著，嘉慶丁卯刊本。

4. 《秋錦山房外集》，李良年著，道光丁亥鈔本。

5. 《有正味齋尺牘》，吳錫麒著，宣統辛亥上海文明書局排版本。

6. 《有正味齋詩、駢體文、律詩、試帖》，吳錫麒著，吳氏一家稿本。

7. 《南州草堂集》，徐釚著，康熙年間刊本。

8. 《秋笳集》，吳兆騫著，《風雨樓叢鈔》本。

9. 《桐扣集》，汪森著，康熙年間鈔本。

10. 《粵西詩載文載》，汪森著，《四庫全書》本。

11. 《春融堂集》，王昶著，嘉慶年間刊本。

12. 《蒲褐山房集》，王昶著，乾隆年間鈔本。

13. 《揅經室文集》，阮元著，《四部叢刊》本。

14. 《微賢堂詩正集》，曹言純著，清黃安濤評選底稿本。

15. 《風懷詩補註》，馮登府著，《石經閣叢書》本。

四

1. 《清史》，趙爾巽等撰，國防研究院版。

2. 《清史列傳》，中華版。

3. 《國朝耆獻類徵初編》，李桓輯錄，湘陰李氏版。

4. 《國朝先正事略》，李元度編，《四部備要》本。

5. 《國朝名家詩鈔小傳》，鄭方坤編著，廣文影印本。

6. 《國朝詩人徵略》，張維屏編著，鼎文影印本。

7. 《國朝書畫家筆錄》，竇鎮編，宣統三年文學山房本。

8. 《清代學者象傳》，葉公綽編著，民國十七年葉氏刊本。

9. 《國朝書人輯略》，震鈞輯，光緒戊申金陵刊本。

10. 《碑傳集》，錢儀吉編，藝文影印本。

11. 《碑傳集補》，閔爾昌編，藝文影印本。

12. 《歷代兩浙詞人小傳》，周慶雲編著，民國二十年朱孝臧刊本。

13. 《清代通史》，蕭一山著，商務版。

14. 《清朝全史》，稻葉君山著、但燾譯，商務版。

15. 《清稗類鈔》，徐珂編著，商務版。

16. 《浙江通志》，稽曾筠等修，清文淵閣本。

17. 《清一統志》，嘉慶勒修，《四部叢刊》本。

五

1. 《文藝心理學》，朱光潛著，開明版。

2. 《文心雕龍注》，范文瀾著，開明版。

3. 《美學原理》，克羅齊原著，正中版。

4. 《文學概論》，王夢鷗著，帕米爾版。

5. 《四庫全書纂修考》，郭伯恭著，商務版。

六

1. 《詞學季刊》，學生版。

2. 〈納蘭成德傳〉，張蔭麟著，《學衡》七十期。

3. 〈蜀主孟昶玉樓春偽託考〉，陳奇猷著，《國文月刊》五十期。

4. 〈白石詞暗香疏影說〉，沈祖棻著，《國文月刊》五十九期。

5. 〈論文雜記〉，劉師培著，《國粹學報》七期。

6. 〈清詞壇點將錄〉，覺諦山人遺稿，港大《東方文化》六卷一、三期。

7. 〈常州派家法考〉，酈士元著，香港《人生雜誌》三十三卷三期。

8. 〈清詞年表（稿）〉，饒宗頤編，香港《新社學報》四期。

9. 〈中國歷代人物之地理的分佈〉，朱君毅著，《廈門大學學報》一卷。

10. 〈清代學者地理分佈概述〉，陳鐵凡著，《東海大學圖書館學報》八期。

11. 〈浙西、陽羨、常州三派詞略論〉，何須顯著，《暢流月刊》三十六卷十、十一期。

12. 〈論清代諸家詞韻的得失〉，張世彬著，《中國學人》五期。

13. 〈成府談詞〉，鄭因百著，《現代學苑》六卷一期。

14. 〈曝書亭詞〉，吉川幸次郎著，日本《支那學》四卷二期（一九七二）

15. 〈小論屬樊榭詩詞〉，孫克寬著，《大陸雜誌》五十五卷四期。